ANGELES EN LAS PUERTAS

UNA VISIÓN DIFERENTE DE LA HISTORIA

GERALD CURRAN

ANGELES DE LAS PUERTAS

Una vision diferente de la historia.

Editorial: Autoeditado.

Libro electrónico ISBN: 979-8-9916721-6-0

Libro en rústica ISBN: 979-8-9916721-5-3

Imagen de portada: Usado con permiso.

Con agradecimiento al Dios que nos inspira.

PRÓLOGO

Durante generaciones, los científicos han luchado con ideas sobre nuestros orígenes. Desarrollaron muchas teorías como la evolución, la selección natural y un universo en expansión infinita. El reverendo Georges Lemaitre, de Bélgica, nos trajo su teoría del comienzo del Universo. A esto a veces se le llama teoría del Big Bang. Rebecca Cann, genetista residente en Los Ángeles, nos ha revelado la posible identidad de nuestra primera madre. Ambas teorías nos invitan a pensar nuestro mundo de nuevas maneras. Podremos recordarlos a medida que recorremos las aventuras que se encuentran en los capítulos de este libro.

NOTICIAS DEL ESPACIO

«HA HABIDO algunos muertos en un accidente en Marte...».

La palabra «Marte» llamó la atención de Amos Álvarez mientras escuchaba las noticias de la mañana. Se dirigía al trabajo, y se detuvo justo al salir de la cocina y escuchó el resto del informativo.

—¿Vienes conmigo, Alisa? Estoy a punto de irme —llamó a su hija.

—Oh, ya voy, papá. Me pongo los zapatos... No Nippi, hoy no. Sólo vamos al trabajo de papá.

El perro gimoteó un poco cuando Alisa cerró la puerta del apartamento tras de sí. Padre e hija se dirigieron al elcrocar en el garaje del sótano. Al acomodarse en sus asientos, se dirigieron a la universidad.

Cuando llegaron a la Facultad de Matemáticas y Astronomía y el elcrocar fue puesto sobre un caballete, ellos se dirigieron directamente al laboratorio. Alisa estaba de vacaciones escolares, y aquel era uno de los días tranquilos en los que podía visitar a su padre. Aunque sólo era una niña, le gustaba estar con su padre y observar lo que hacía. Por su parte, él sólo debía tener cuidado de que ella estuviera a salvo. La mayor parte del tiempo se contentaba con sentarse a su lado en una silla alta.

Ali Hasan ya estaba en el laboratorio, en la cabina de radiación.

—Buenos días Ali. Alisa, este es el Senor Hasan. Ambos estamos trabajando en el mismo proyecto. Ali, esta es mi hija, Alisa. Estará conmigo hoy; vacaciones escolares, ya sabes.

—Estoy encantado de conocerte, Alisa. Ten cuidado aquí; algunas zonas son peligrosas.

—Saba al-jayer, Sade.

—Oh, ¿hablas árabe, Alisa?

— Bueno, mi amigo habla árabe. Aprendo de ella.

—Qué bien. Tu pronunciación es muy buena.

El proyecto de investigación incluía experimentos para encontrar una tecnología, en su mayor parte primitiva, que produjera moléculas de oxígeno a partir de la roca basáltica de Marte. El proceso sería utilizado por los equipos que emprendieran la exploración del planeta rojo.

Habían fracasado en la carrera por ser el primer laboratorio en producir fibras de molibdeno a partir de los productos químicos disponibles en Marte. Un laboratorio de la Confederación Islámica había sido el primero en conseguirlo. Si su laboratorio de la Universidad Nacional de Córdoba consiguiera un gran avance, volverían a ser noticia; al menos eso pensaba Amos Álvarez. En su mesa de trabajo había emisores de rayos, medidores electrónicos, tubos de vidrio y trozos de roca rojiza.

Alisa señaló algo: —¿Qué es eso, papá?

—Bueno, no es demasiado complicado. Intentamos usar química básica para ver si podemos hacer que estas rocas produzcan, de manera súper, grandes cantidades de oxígeno. Es como algunas de las cosas que haces en la clase de ciencias domésticas en la escuela.

—No tengo ciencias domésticas hasta el año que viene.

—Oh bueno, es básicamente lo que pasa en la cocina de mamá. Si alguna vez voy a ir a Marte para trabajar, allí estaría haciendo lo mismo, ayudando al proyecto de colonización a producir mucho más oxígeno.

—Pero papá, ¿por qué tendrías que irte? Sabes lo solitario que estaría sin ti.

—Bueno, ya veremos Alisa. Mientras tanto, tengo que comprobar algunos resultados aquí. ¿Estás cómoda?

—Estoy bien, papá.

—Podemos ir a la cafetería para descansar a las diez.

2

ÓRDENES DE MARCHA

AMOS ÁLVAREZ PERMANECIÓ sentado en su puesto del laboratorio durante todo aquel día. Pero le costaba concentrarse en la investigación. No dejaba de pensar en las noticias de la mañana sobre Marte. Se preguntaba si sería aceptada su solicitud para trabajar allí. Pensó: *«Tiene que ser ahora. Mi experiencia en ensayos de materiales debería cerrar el trato».*

Amos Álvarez nunca había entendido del todo por qué había elegido la astrofísica como carrera, aunque llevaba la ingeniería en la sangre. Dos de sus tíos habían sido ingenieros aeronáuticos.

Recordaba a uno que decía: «...He sido tan bendecido; he podido utilizar mis dones para el bien de la humanidad...».

Al principio de sus estudios se dio cuenta de que el proyecto de colonización de Marte ocuparía un lugar destacado en su vida. Se dijo: —Quizá haya heredado de mis antepasados una chispa de servicio.

Cuando sintió un resplandor en su Tabnax, tuvo una corazonada sobre lo que podría ser un nuevo mensaje.

Decía: «Nos complace informarle de que a partir de las 11:35 horas de hoy, el 25 de junio, 2098, el candidato Amos N. Álvarez ha sido aceptado para el puesto de ingeniero auxiliar de equipo para el Proyecto de Asentamiento en Marte. Amos N. Álvarez debe completar los detalles de registro y presentarse ante el comandante en el Centro de Servicios Espaciales de Pondicherry antes de las 13:00 horas del 20 de julio de 2098 a más tardar. En ese momento completará su orientación del proyecto».

Álvarez se detuvo un momento y pensó: *«No le diré nada de esto a Alisa hasta que se lo diga a Martina»*.

Cuando padre e hija salieron al elcrocar aquella tarde, en lugar de dirigirse al gimnasio, Álvarez decidió conducir hasta el Museo del Observatorio. Le gustaría echar un vistazo sentimental a Marte a través del viejo telescopio. Este fue el telescopio a través del cual vio Marte por primera vez cuando era niño. A Alisa también le encantaría echar un vistazo, pero él no le contaría sus novedades. Ella sabía que él había solicitado el puesto, pero esperaba que nunca abandonara Córdoba.

Mientras conducían en esta dirección, él siempre tenía un recuerdo inquietante cada vez que pasaba junto a la pequeña capilla evangélico. Estaba cerca de la esquina de Ángelo de Peredo. Había ocasiones en que acompañaba a su madre a un servicio. La ocasión solía estropearse cuando los chicos de la escuela católica romana se reunían para gritar insultos al salir la asamblea de la capilla. No le importaban los insultos, pero temía que hirieran a su madre.

De adulto, parte de la aprensión seguía ahí. A veces

pensaba: «¿Tiene algo que ver la religión con los niños que gritan insultos? ¿Qué clase de fe es esa? Espero que no haya católicos romanos en Marte». Más adelante pensaba: «De todas formas, esa gente siempre es demasiado despreocupada y poco seria».

Cuando llegaron al Museo del Observatorio, en la calle Francisco de la Laprida, el viejo Sr. González estaba de guardia.

—Bueno, buenas noches, Alisa. Hoy has traído a tu padre. ¿Cómo está, señor Álvarez? Hace tiempo que no lo veo.

—Estoy aquí sólo por los recuerdos de los viejos tiempos. ¿Está disponible el viejo telescopio? Me gustaría echarle un vistazo. La primera vez que miré a Marte fue a través de la vieja Lucía. Yo solía venir a las charlas todas las semanas. Tengo muchos buenos recuerdos.

—Oh, bien. Alisa, ya sabes dónde están los controles de iluminación. Lleva a tu padre al viejo telescopio.

—Vamos, papá.

3

UNA TRISTE DESPEDIDA

Cuando regresaron a su apartamento de la calle Benjamin Gould, estaba lista la cena. Álvarez esperó a que terminara la comida para darle la noticia a su mujer: —Cariño, he conseguido ese puesto en Marte. Necesitan que me vaya el mes que viene.

—Papá, no puedes. No te vayas —suplicó Alisa.

—Bueno, Amos, felicidades. Sé que te has preparado para esto. Es un gran honor.

Alisa y Daniel rodearon la mesa para abrazar a su padre.

—No te vayas, papá. Los hombrecillos verdes te están esperando para comerte —dijo Daniel.

—Tu madre dice que está orgullosa de mí y que lo entiende.

—Pero no son unos meses, papá. Le pregunté al señor González y me dijo que tardarás más de dos años en ir a Marte y volver. Es demasiado tiempo —dijo Alisa.

Había sabido Álvarez que les resultaría duro a sus hijos,

sobre todo a Alisa. Se alegró de contar con el apoyo de su mujer.

Durante las semanas siguientes, el se esforzó por pasar tiempo con Alisa, Daniel y Martina. Dos fines de semana pasaron un feliz día en el lago San Roque. Un sábado, pasó una tarde con Alisa y Daniel estudiando Marte con el nuevo Espectrómetro Estelar. También echaron otro vistazo nostálgico a través de la vieja Lucía de enfoque manual.

A medida que se acercaba el día de su partida, Álvarez esperaba haberse acercado más a su familia. Pero, por supuesto, cuando la familia subió al Elcrocar para viajar al Dromo Córdoba Global, fue aún mayor la sensación de tristeza. Alisa había traído su osito de peluche para consolarse, anticipándose al dolor de la partida de su Papá.

Cuando llegaron al vestíbulo de transbordos de el Dromo era hora de despedirse. La música andina resonaba en el vestíbulo mientras Álvarez abrazaba a su mujer y se inclinaba para abrazar a Alisa y Daniel. En cuanto rodeó a Alisa con sus brazos, ella se echó a llorar.

—Papá, te voy a echar tanto de menos. Te voy a echar tanto de menos —sollozó, rodeándole la cintura con los brazos.

Daniel recibió un incómodo abrazo antes de que su padre pudiera liberarse. Con su transferidas sus bolsas de viaje, Amos N. Álvarez se dirigió al portal de seguridad. Martina, Alisa y Daniel se abrazaron mientras él desaparecía.

Cuando el trío regresó a su apartamento, Alisa dijo: —Mamá, me voy al observatorio. Quiero ver Marte.

—Ten cuidado, cariño. Va a hacer frío y oscurecerá. No tardes.

La niña tiró su osito de peluche a una silla y salió corriendo por la puerta principal. Alisa siguió corriendo hasta llegar a la entrada principal del museo. Esperaba que estuviera de guardia el Sr. González. Sabía que la dejaría entrar.

—Ay, señor González, mi Papi se va y me siento muy triste —rompió a llorar la niña y se tiró en una silla.

El Sr. González abandonó su puesto junto a los monitores. Se sentó junto a la chica y le dijo: —Jovencita, ¿por qué te mantienes despierta tan tarde? ¿Sabes qué hora es? —Y continuó—: Sabes que también echaremos de menos a tu padre. Era uno de los estudiantes con más éxito de todos los que solían venir aquí. Gente como tú y él hacen que todo valga la pena.

—Es tan injusto que se vaya tan lejos.

—Mira... ven a ver Marte. Es una buena noche para verlo. Se ve tan hermoso en una noche como esta —el Sr. González trató de cortar la tristeza de Alisa.

—No, no... no miraré. Es un planeta horrible. Lo odio. —Alisa corrió hacia las puertas de salida.

Se detuvo en el jardín y se quedó mirando al cielo. Las lágrimas empezaron a correr por sus mejillas.

4

OTRO TIPO DE VIAJE

—SALUDOS JOVEN DAMA. Soy su sirviente Absolín. —De repente, frente a Alisa, apareció una enorme bola translúcida. Dentro de la bola había un ser alto y brillante con alas. Era la voz del ser que oyó Alisa.

Ella se sorprendió y preguntó: —¿Quién... quién eres?

—Soy Absolín, un ángel menor. He sido enviado para ayudarte con el gran anhelo que sientes.

—¿Cómo... cómo lo supiste?

—Bueno... ¿vendrás conmigo para que podamos encontrar la respuesta?

Los ojos de Alisa estaban fijos en los del ser luminoso. Pero tuvo una sensación de paz y dijo: —¿Qué tengo que hacer?

—Si me acompañas a mi burbuja podemos ir a un lugar de curación y refresco.

Alisa dudó, pero la sensación de paz era tan relajante. Entró en la burbuja y se colocó junto al ángel. La burbuja empezó a moverse y, en un abrir y cerrar de ojos, estaban volando lejos de Córdoba y sobrevolando la campiña. Alisa podía ver la silueta del lago San Roque pasando por debajo.

Viajaban en la burbuja por la negrura del espacio. La niña pequeña estaba entre las estrellas que atravesaban la inmensidad. La paz había envuelto a Alisa y la tensión de la añoranza de su padre se estaba disipando. Se dejó caer y apoyó la cabeza en el ángel.

—¿Adónde vamos? —preguntó Alisa—, ¿está lejos el lugar?

—Vamos a un lugar llamado Paraíso Exterior. Es donde los que sirven en el Paraíso van a relajarse y descansar. El Paraíso puede llegar a ser muy intenso, así que el Paraíso Exterior está ahí como una escapada de descanso. Hay jardines y parques serenos, piscinas y fuentes, huertos y bosques, todo para relajarse. Hay lugares donde reunirse con amigos y cafés néctar en los que disfrutar de infinidad de deliciosas comidas. Después de una estancia en el Paraíso Exterior, cualquier ser que sirva en el Paraíso Propio se sentirá plenamente renovado. Ya lo verás.

Habían estado viajando por el espacio y el tiempo cuando se despertó de repente Alisa. Muy por encima, en la oscuridad, apareció una hilera de puertas que escupían llamas multicolores. Habían aparecido de la nada.

—¿Qué son ellas? —preguntó Alisa.

—Oh, esas son las puertas del Infierno. Pueden aparecer en cualquier parte.

A través de las llamas salieron disparadas unas figuras oscuras. Éstas giraron y comenzaron a descender en picado. Alisa pudo ver que eran demonios, como los de aquella película. Cargaban directamente hacia la burbuja y agitaban algún tipo de arma. Era un espectáculo aterrador. Alisa estaba aterrorizada y se aferró a Absolín. «¿Perforarán la burbuja?» se preguntó. Escondió la cara y se hizo un ovillo.

Justo cuando se acercaban los demonios, apareció una ráfaga de enormes ángeles blandiendo sus espadas. Estos volaron entre la burbuja y los demonios. Las figuras oscuras se detuvieron en el aire. Se volvieron hacia las llamas. Cuando había desaparecido el último demonio, desaparecieron las puertas del infierno y los ángeles se alejaron volando. Absolín y Alisa continuaron su viaje.

El ángel dijo: —Alisa, te pido disculpas por los demonios. No esperaba verlos en este momento.

5

LLEGAR AL DESTINO

ALISA MIRÓ FIJAMENTE desde la burbuja hacia la inmensidad del espacio. Ya no había estrellas, pero una luz brillante aparecía como un punto en la distancia.

—Supongo que debe parecerte mucho tiempo Alisa, pero sólo hemos estado viajando un milisegundo de tu tiempo. Mira, ahora estamos casi en el Paraíso Exterior.

La luz resplandeciente creció y creció hasta que Alisa pudo distinguir lo que parecía una ciudad brillante flotando en la oscuridad.

—¿Es ahí adónde vamos?

—Esto es parte del Paraíso, Alisa. Se llama Paraíso Exterior. Sólo podré llevarte hasta allí. El Paraíso Propio tiene algunos requisitos especiales para que a los seres se les permita entrar. Es una regla que han tenido durante eones. El Paraíso Exterior es donde aquellos que sirven en el Paraíso se toman un descanso de la intensa excitación que puede ser parte de la vida en el Paraíso Propio. Hay una sensación de relajación, y pueden desconectar y descansar durante un tiempo, en un entorno menos intenso. Nos estamos acercando.

De repente, rebotó la burbuja y se detuvo como si hubiera chocado contra algo.

—Nos hemos topado con la barrera invisible que separa esta dimensión del vacío de la atmósfera del Paraíso Exterior. Tendremos que encontrar una de las entradas.

La burbuja se mantuvo activa hasta que Absolín dijo:
—Veo a algunos serafines acorazados por allí. Es dónde podemos entrar.

La burbuja se deslizó en Paraíso Exterior y descendió en picado dejando atrás torres de cristal a ambos lados. Otras burbujas brillantes pasaron flotando mientras sus se hundía más hacia su destino.

—Estamos a punto de aterrizar —dijo Absolín.

La burbuja cayó en medio de un patio arbolado, donde quedó suspendida a unos centímetros del suelo. Alisa salió con cautela y miró a su alrededor, asombrada. Estaba impregnado el aire de un dulce perfume y armonías corales.

—Nos dirigiremos a un café néctar. Seguro que estás famélica por el viaje.

—Oh, claro que sí estoy.

—Primero, me gustaría conseguirte ropa adecuada para el Paraíso Exterior.

Atravesaron una alcoba situada en un lateral del patio y cruzaron una puerta. Entraron en una galería llena de percheros con batas y uniformes de muchos colores. Cuando a Alisa le colocaron una túnica plateada y un cinturón de cordón dorado, llegó el momento de dirigirse a un café néctar.

6

EN UN CAFÉ NÉCTAR

Caminando codo a codo, Absolín y Alisa llegaron a un arco dorado que conducía a una escalinata luminosa. En lo alto de la escalinata había un huerto de árboles frutales. Las hileras de árboles parecían desaparecer en la distancia en todas direcciones, excepto un claro que había justo delante.

—Hay un café néctar justo allí donde podemos relajarnos y donde puedes conseguir algo para comer y beber. Paraíso Exterior será un buen lugar para que olvides tu dolor y pena.

Mientras caminaban, Alisa pudo ver que las hojas y las frutas que había encima de ellos eran de diferentes colores y tamaños. Todas las frutas tenían un aspecto delicioso. Más adelante había mesas y sillas relucientes dispuestas en un gran círculo. En algunas de las mesas había grupos de comensales. Alisa se fijó en que algunos de ellos tenían alas. Pensó: *«Deben de ser ángeles, como Absolín»*.

—¿Es este el café néctar? —preguntó Alisa.

—Sí, Alisa. Encontraremos asientos y te pediremos algo de néctar.

Antes de que pudieran encontrar una mesa, fueron rodeados por un grupo de serafines que acababan de llegar de sus Tiempos de Adoración en el Paraíso.

—¿Dónde has estado Absolín y qué tenemos aquí?

Los serafines sintieron curiosidad de inmediato por Alisa.

—¿No vas a presentarnos?

—Honorables serafines, me gustaría que todos conocieran a Alisa. Ella, pues es una niña. Ha venido a nosotros desde una dimensión y un tiempo diferente. Necesita nuestro amor y apoyo.

—Bueno, muy bien, acabamos de llegar de nuestros Tiempos de Adoración. Necesitamos relajarnos y descansar. ¿Por qué no vienes y te unes a nosotros en la mesa?

El grupo se adentró en el café néctar y se sentó en una gran mesa redonda. Alisa estaba sentada entre Absolín y un serafín. Al principio, su cabeza estaba por debajo del tablero de la mesa, pero luego su silla se ajustó milagrosamente, de modo que quedó a la altura exacta. Hacia ellos se cernía un querubín con un delantal rosa. Al llegar a su mesa, preguntó:

—¿Qué clase de néctar tomarán los Honorables Sirvientes Celestiales? Hay Néctar Flor de Melocotón, Néctar Sorpresa del Paraíso, Néctar Sabor Fruta y un número infinito de otros néctares. Voy a arriesgarme y sugerir que al extraño le gustaría el néctar Paradise Surprise. Sé que lo disfrutaría.

Tras una pausa, Alisa dijo: —De acuerdo, lo probaré.

Sólo espero que mi estómago aguante la comida del néctar. No he comido nada antes.

—Oh, estará bien tu barriga, ya verás —dijo Absolín.

En ese momento, otro querubín, con un delantal rosa, se acercó flotando. Llevaba una bandeja de plata cargada con varios vasos altos y brillantes. El querubín parecía saber de antemano lo que cada uno quería y empezó a colocar el néctar adecuado delante de cada uno.

Alisa miró atentamente el vaso que tenía delante: —Oh, me encantan las flores brillantes que flotan en la parte superior. Y la paja dorada.

7

LOS SERES DE PÚRPURA

Enfrente de donde estaban sentados Absolín y Alisa había una mesa con un gran grupo de Dominios Púrpuras. Absolín los reconoció como viejos amigos de hace eones.

Le dijo a Alisa: —Veo allí a unos viejos amigos míos. Vamos a hablar con ellos. Seguro que les gustaría conocerte. Por favor, discúlpenos honorable serafínes. Me gustaría presentar a Alisa a los Dominios Púrpuras.

Alisa bajó de su silla para ir al encuentro de aquellos seres morados de aspecto extraño.

Cuando llegaron a la otra mesa, Absolín dijo: —Hola, honorables Dominios. Bienvenidos de nuevo al Paraíso Exterior. Deben estar encantados de cambiar de ritmo y poder ponerse al día con sus compañeros.

—Oh, hola Absolín —era el Dominio más cercano—. Gracias por el saludo. Sí, es maravilloso poder ponernos al día con nuestro viejo grupo. Es increíble cómo no podemos dejar de hablar en un momento como éste.

—Honorables Dominios, me gustaría presentarles a

Alisa, mi amiga. Viene de un tiempo y una dimensión diferentes y estará con nosotros un tiempo.

—Hola Alisa. Bienvenida al Paraíso Exterior. Tal vez no sea el verdadero, pero para nosotros, en un momento como este, es simplemente genial. ¿Por qué los dos no toman asientos? Hay un asiento alto cerca de mí, así que Alisa podría sentarse allí —dijo el Dominio.

—Muy bien. Alisa, siéntate ahí y yo me apretujaré a tu lado —dijo Absolín.

—Así que, Alisa, ¿es tu primera visita al Paraíso Exterior? ¿Has estado aquí antes? A algunos seres forasteros les gusta mucho.

Empezó la vocecita de Alisa: —Es mi primera vez. Nunca pensé que estaría en un lugar tan hermoso. Es maravilloso. Tengo muchas ganas de verlo todo. Absolín dice que vamos a hacer un recorrido por todas partes.

—Entonces, ¿qué es una «ella»? Nunca he oído esa palabra —La voz era de un Dominio de aspecto más bien severo que hablaba desde el otro lado de la mesa.

—¿Qué tiene de especial una ella, entonces? —gruñó las palabras.

—Te lo explicaré todo —dijo Absolín, con las alas ligeramente endurecidas. —. Alisa es una niña, una ella. En su época y en su dimensión, hay dos tipos del mismo ser. Son complementarios. Esto significa que se apoyan el uno a la otra de distintas maneras. Hay «ella» y «él», y Alisa es una ella.

—¿Pero por qué tiene que haber dos clases del mismo ser? ¿No debería bastar cada ser por sí mismo? —gruñó.

—Bueno, no sé la respuesta a eso. Tal vez el gran Yo Soy Quien Yo Soy lo sabría. Ambos serán creados para Él.

Realmente no puedo responder a tu pregunta. Supongo que es otro de esos misterios que nos rodean por todas partes. ¿Puedes decir algo, Alisa? —preguntó Absolín.

—Bueno —empezó su vocecita ella—, lo único que sé es que siempre he querido tener un hermanito, y quizá sea porque sería diferente a mí. Pero Elga, nuestra vecina, acaba de casarse con un hombre, quizá porque es diferente a ella. Pero sólo son suposiciones.

El Dominio Púrpura levantó las manos: —Así que ahora tenemos una ella, un hermano y un hombre. Estoy completamente perdido. ¿Quiénes son estas criaturas?

—Todos se complementan, como he dicho —dijo Absolín—. El él y el hombre son de un mismo tipo, mientras que una ella es otra clase del mismo tipo de ser. No es tan complicado.

—Bueno, me confunde —dijo el Dominio—. Oye, ¿qué tal si pago los néctares para cada uno de ustedes mientras ellos Dominios Púrpura nos ponemos al día con algunas historias?

—Gracias por el ofrecimiento, pero Alisa y yo necesitamos hablar en privado, a solas. Por favor, discúlpennos. Los dejaremos ahora, honorables Dominios.

UNA CHARLA CON UN SABIO CONSEJERO

EL ÁNGEL y la niña se inclinaron hacia los Dominios Púrpuras y se alejaron bajo los árboles. Caminaron hasta el borde de los jardines floridos.

—Alisa, le he pedido al Principado llamado Milab que se reúna con nosotros. aquí. Es muy antiguo y sabio. No te desanimes por su color. Su cara es de color melocotón y sus ropas son de tonos melocotón, bastante bonitas, la verdad. Me gustaría que se reuniera contigo para que puedas compartir tu historia con él.

—Muy bien —dijo Alisa—. ¿Tú también estarás allí?

—Por supuesto, Alisa. Oh, veo a Milab flotando hacia nosotros en la distancia.

Cuando Milab se acercó, dijo: —Saludos Absolín. He oído tu mensaje. Ciertamente me encantaría hablar con Alisa. Aunque nunca he hablado con una chica, ¿es eso lo que dices que son?

—Alisa, me gustaría presentarte al honorable Principado Milab. En realidad, sólo le llamamos Mili, ¿no es así, Milab?

—Así es, Absolín, es mi nombre favorito —se alzaba sobre Alisa pero se inclino sobre para sonreír ampliamente.

—Estoy muy contenta de estar aquí —dijo Alisa—. Nunca he estado en un sitio tan bonito.

Milab dijo: —Demos un paseo por los jardines. Está muy tranquilo después del canto de los pájaros. ¿No te importa que te levante para que sea más fácil hablar?

—Oh no, creo que me gustaría que lo hicieras.

—Absolín me dice que estás muy triste. Entonces, ¿por qué estás triste, exactamente?

—Bueno, estoy triste porque echo de menos a mi papá. Se ha ido en una nave de transporte a Marte, que está muy lejos. Estará fuera mucho tiempo. Me dijo que aprendería cosas sobre el planeta, pero ¿por qué no podía aprender de los libros? —Hizo una pausa—. Vivimos cerca del observatorio. Ahora tendré que ir allí todos los días para ver dónde está. Hay telescopios y visipantallas. Quizá me consuelen un poco, pero le echo mucho de menos.

—Tu historia me llega al alma —dijo el principado—. Suena terrible. Pero dime, ¿qué es entonces un papá?

—Bueno, un papá te da la vida. Él es tu padre. No estarías vivo sin un papá.

—Entonces, aceptando que este «papá» padre está tan lejos, ¿qué crees que deberíamos hacer con la situación? —preguntó el principado.

—Creo que quizá lo único que pueda hacer es apartar la mente de mi dolor y pensar en cosas agradables.

—Bueno, creo que has dado con una buena respuesta.

Tú misma has resuelto el problema. Pero si se me ocurre algo más, se lo diré a Absolín —dijo Milab.

—Oh, gracias —dijo Alisa.

—Absolín, le colocaré a Alisa aquí mismo. Pronto comenzará una gran procesión desde las puertas del Paraíso, y debo estar allí. Vamos a ponernos al día más tarde.

Y Milab se alejó flotando.

UN PASEO POR LOS JARDINES

ABSOLÍN Y ALISA continuaron su paseo por los jardines. Serpenteaban por un sendero sinuoso entre flores multicolores de todos los tonos. Los colores parecían volverse más intensos a medida que se enfocaban. Se adentraron en un bosque donde flotaba en el aire un perfume dulce. El sendero seguía serpenteando entre arbustos verdes mientras los pájaros multicolores piaban y revoloteaban entre los árboles. Podían ver un lago a lo lejos. La luz centelleaba en su superficie. Entonces un par de principados azules vestidos con largas túnicas se acercaron a ellos por el camino.

—Bueno, Absolín, encantado de verte... ¿y qué tenemos aquí?

—Saludos, principados azules. ¿Dónde han estado? Esta es Alisa. Alisa, estos son Amorath y Anslow. En realidad, Alisa viene de otro tiempo y lugar.

—Oh, saludos Alisa, encantado de conocerte. Pero, ¿qué es «un lugar»? Ya sé un poco sobre el tiempo, pero

¿gué es un lugar? — Amorath fue la primera en hacer preguntas.

—Bueno, es un poco difícil de explicar.

—Está bien, Absolín; puedo explicártelo, Amorath, con lo que aprendí en la escuela —dijo Alisa—. Verás, el lugar de donde vengo está en una gran bola en forma de bola a la que llamamos Tierra. Es una de varias bolas grandes que flotan en lo que se llama el sistema solar. Debido a las grandes distancias entre las bolas, se tarda mucho tiempo en ir de una a otra. En este momento, mi padre se ha ido a una de las bolas llamada Marte, y Absolín me está ayudando a superar que le echo de menos.

—Ahora dime, pequeña, ¿qué es una bola? No tengo ni idea de lo que significa —dijo Amorath.

Alisa miró a su alrededor. Miró hacia los árboles más allá del mar de flores. Había una arboleda de árboles frutales con enormes frutas rojas y redondas. Las frutas rojas casi arrastraban las ramas hasta el suelo. Se volvió hacia el grupo y dijo:

—¿Ven ustedes esos grandes frutas rojas? Tienen lo que llamamos forma de bola; son redondas.

—Oh, ya veo —dijo Amorath—. Bueno, es interesante que señales esas frutas. A nosotros nos resultan muy especiales en el Paraíso Exterior. —El continuó—: Las llamamos la Fruta de la Energía Extrema. Los serafines acorazados las comen antes de sus muchos eones de guardia a lo largo de las almenas. Nunca saben cuándo atacarán los demonios, ni dónde. Fue inteligente de tu parte notarlas. Son una fruta esencial aquí en el Paraíso Exterior. Entonces, ¿qué va a hacer Alisa?

—Bueno, nos lo tomaremos con calma por un tiempo y le daremos ella tiempo para relajarse.

Mirando a Alisa, el principados azules dijo: —Muy bien, la Alisa, espero que lo pases bien. Nosotros nos dirigimos al café néctar a por un poco de pastel ángel. Hasta luego.

10

LA FRUTA DE LA ENERGÍA EXTREMA

ABSOLÍN Y ALISA comenzaron a adentrarse en los jardines. A un lado había un alto bosque esmeralda y al otro un lago resplandeciente. A medida que avanzaban, oyeron un fuerte canto que provenía de los árboles. Entonces, por encima de las copas de los árboles, Alisa pudo ver una hilera de brillantes cascos metálicos que se balanceaban arriba y abajo.

—¿Qué son esos? —preguntó Alisa—. Deben de ser gente muy alta.

—Esos serían una tropa de serafines acorazados. Probablemente están cantando porque están felices de ir al café néctar. Irán por su comida de Fruta de Energía Extrema. Probablemente han pasado eones desde que comieron algo. Como sólo comen cada pocos eones más o menos, siempre están muy contentos cuando llega el momento. ¿Te gustaría ir a verlos?

—Oh, sí, por favor.

Cuando Absolín y Alisa llegaron al café néctar, los

serafines acorazados ya estaban en una zona hundida y ocupando sus lugares en una larga mesa sobre sillas gigantes. Desde donde estaban sentados el ángel y la niña, tenían una buena vista de la larga mesa.

Los serafines acorazados rieron y bromearon, sus armaduras sonaron y traquetearon al sentarse. De la nada, aparecieron cuatro poderes musculosos. Trajeron una enorme fruta roja en una bandeja y la hicieron rodar hasta el extremo de la mesa. En la mesa había otro podere musculoso que sostenía un gran cuchillo de plata.

Absolín señaló: —Esa es una Fruta de Energía Extrema roja.

Junto a las frutas rojas había bandejas doradas. Con el cuchillo, el podere musculoso empezó a cortar la fruta en finas rodajas. Colocó una en cada fuente. Las fuentes fueron pasando por la mesa hasta que una fuente con una rodaja estuvo delante de cada serafín acorazado.

—¿Eso es todo que van a comer ellos? —preguntó Alisa—. ¿Eso es todo que reciben ellos?

—Debido a que la fruta es una Fruta de Energía Extrema, cada astilla le dará a un serafín acorazado suficiente energía para durar incontables eones. Son los sirvientes celestiales que protegen Paraíso Exterior de los ataques de los demonios.

—Pero qué poco es.

Absolín insistió: —La energía de esa fruta es tan intensa que es todo lo que necesitan.

Antes de comer, los serafines acorazados entonaron un coro. Acto seguido, recogieron sus rodajas de Fruta de Energía Extrema al unísono y empezaron a morder de un extremo. Cada bocado parecía tardar mucho en masticarse y tragarse. Finalmente, cuando terminaron el último bocado, cantaron otro estribillo. Después, todos se levantaron con gran estrépito y levantaron los brazos. A continuación, se alejaron volando por encima de las copas de los árboles.

Absolín permitió que se sentara Alisa un rato pensando en lo que había pasado y entonces dijo: —Tomemos un néctar.

Mientras estaban sentados, sorbiendo sus néctares, Absolín pudo hablar tranquilamente con Alisa.

—Acabo de enterarme de que El Hijo Querido va a visitar Paraíso Exterior. Estoy seguro de que estarías encantado de ver lo que pasa.

—¿Quién es el Hijo Querido?

—Lo verás cuando venga él.

Cuando salieron del café néctar, comenzaron a caminar por un sendero bordeado de arbustos, pasando junto a un cartel que decía:

Por hacia se llega al Gran Salón de la Relajación

Pronto fueron siguiendo a ángeles de diferentes tamaños y colores y poderes muy musculosos. Todos iban en la misma dirección. Se formó un tumulto con tantos cuerpos.

—Ya casi hemos llegado —dijo Absolín.

11

LA PROCESIÓN

En el exterior de las puertas del Paraíso había una gran actividad. Una procesión se estaba reuniendo y los participantes estaban tomando sus lugares. Se preparaban varios ocupantes del Paraíso Exterior, así como diferentes servidores celestiales del Paraíso Propio. Se estaban formando filas que se extendían de lado a lado a través de un amplio bulevar dorado.

Los serafines acorazados fueron los primeros en alinearse. Sobresalían por encima de las filas que los seguían. Las siguientes filas estaban formadas por principados que portaban estandartes multicolores ondeantes. Los estandartes representaban las diferentes entidades y casas del Paraíso Exterior y del Paraíso Propio.

Detrás de las filas de principados se encontraba la Orquesta de Plata del Paraíso Exterior. Los músicos eran ángeles de tamaño medio, muy parecidos a Absolín.

La retaguardia de la procesión estaba formada por filas de todo tipo de ocupantes del Paraíso Exterior y del Paraíso

Propio. Era un grupo muy variado. La procesión esperaba en silencio la llegada del Hijo Querido. Entonces, a una señal, un pelotón de trompetistas tocó una fanfarria. De pronto, un serafín acorazado gritó:

—Atención todos, atención todos. Ahí viene el Hijo Querido.

Las puertas del Paraíso se abrieron de par en par y la Orquesta de Plata del Paraíso Exterior prorrumpió en una fanfarria rítmica: «Blaa...chip, blaa...chip, blaa...chip».

A través de las puertas salió el Hijo Querido, una figura imponente que bailaba en círculos al ritmo de la música. Mientras el Hijo Querido seguía bailando, las filas de la procesión se dividieron en el centro para formar un camino. Bailó hasta la primera fila, donde lo flanquearon los serafines acorazados. Estos se unieron a él en la danza.

En ese momento, los principados, y todos los reunidos en la retaguardia, comenzaron a bailar y a dar vueltas al ritmo de la Orquesta de Plata del Paraíso Exterior: «Blaa... chip, blaa... chip, blaa... chip...».

A continuación, toda la procesión comenzó a avanzar por el Ancho Bulevar Dorado. El destino era el Gran Salón de la Relajación.

EL GRAN SALÓN DE LA RELAJACIÓN

ABSOLÍN Y ALISA acababan de llegar a la entrada del Gran Salón de la Relajación cuando oyeron a la Orquesta de Plata del Paraíso Exterior. Miraron a lo largo del Amplio Bulevar Dorado para ver qué ocurría.

—Oh, ahora puedo verlos —gritó Alisa—. Parece una procesión marchando hacia nosotros.

Los metales de los serafines acorazados destellaban mientras marchaban. El traqueteo de sus armaduras acompañaba al «Blaa... chip, blaa... chip, blaa... chip...» de la Orquesta de Plata del Paraíso Exterior.

El Hijo Querido se mantuvo al frente, mientras giraba en la danza. —Ese es el Hijo Querido —dijo Absolín—. No lo veo desde hace muchos eones.

—¡Vaya! —exclamó Alisa.

Cuando la procesión llegó a la entrada del Gran Salón de la Relajación, las filas se dividieron al atravesar las imponentes puertas. Absolín y Alisa se colocaron detrás de la última fila al paso de la procesión. La niña sintió el ritmo, y bailó y rio alrededor de Absolín mientras avanzaban.

El baile continuó hasta que el Hijo Querido llegó a la parte delantera del salon. Entonces, cuando dejó de bailar, todo el baile también se detuvo. Subió a un estrado elevado y se sentó en un alto trono con incrustaciones de joyas. Los principados y los músicos se sentaron a ambos lados del pasillo central, mientras que los serafines acorazados permanecían en posición de firmes a ambos lados del estrado que sostenía el trono del Hijo Querido. Absolín y Alisa se situaron en la retaguardia. El ángel levantó a Alisa y la metió bajo un ala para que pudiera ver lo que ocurría.

—Muy bien —atronó el Hijo Querido—. Bienvenidos todos a nuestra ceremonia. Me pondré a trabajar de inmediato.

Se hizo el silencio mientras seguía el Hijo Querido.

—He ordenado que traigan aquí tres posibles candidatos, tres Frutas de Energía Extrema, para que yo pueda seleccionar la que será procesada en la Dimensión del Vacío. Las frutas deberían llegar en cualquier momento.

En cuanto terminó de hablar, se oyó una fanfarria de trompetas en una entrada lateral, y cuatro poderes musculosos entraron por una puerta lateral portando un camillo sobre el que yacía una gigantesca Fruta de Energía Extrema roja. La fruta era exactamente igual a la que Alisa había visto comido por el serafíns acorazados. A este primer camillo le siguió otro, y luego otro. Los tres llevaban una Fruta de Energía Extrema roja. Los tres camillos se colocaron frente al trono en el que estaba sentado el Hijo Querido.

—Querubín de los Libros, necesito el Libro de los encantamientos.

El Querubín de los Libros subió volando desde el estrado con un gran libro de tapas doradas. Se lo entregó al Hijo Querido, que hojeó las páginas. Cuando se detuvo en una página, la miró atentamente.

A continuación, tras una pausa, entonó un conjuro con voz aguda: —Inchin, binchin, glinshin, flinchin —le temblaba la voz.

Señaló un camillo y dijo: —Aquella.

En ese momento, dos grupos de poderes recogieron sus camillos y salieron rápidamente de la salon por la misma puerta por la que habían entrado. Ahora sólo quedaba una Fruta de Energía Extrema.

El Hijo Querido atronó: —Esta Fruta de Energía Extrema se llamará a partir de ahora la Fruta Energia Etrema Elegida. Que así sea.

Agitó los brazos y luego señaló la fruta: —La Fruta Energia Extrema Elegida se convertirá en el Nuevo Universo.

Cerró el libro de encantamientos y se lo devolvió al Querubín de los Libros. Luego atronó: —Dominio llamado Poderoso, ven aquí. Ponte frente a mí.

El Dominio llamado Poderoso trotó al frente.

—Te nombro Maestro de Ceremonias.

El Dominio llamado Poderoso hizo una profunda reverencia ante el Hijo Querido y caminó hacia el camillo de la Fruta Energia Etrema Elegida. Se detuvo junto a él y se puso en posición de firmes.

Hubo otra fanfarria de trompetas. Los serafines acorazados de un lado del estrado rompieron filas y formaron dos filas en el pasillo central. Marcharon en su lugar, mientras el Hijo Querido descendía al pasillo desde el alto trono incrustado de joyas. Procedió a marchar en su lugar detrás de los serafines acorazados. Todos ellos marcharon entonces, izquierda derecha, izquierda derecha, a través de las grandes puertas del Gran Salón de la Relajación. Salieron en la dirección opuesta de la que habían venido. Los favoritos del Hijo Querido siguieron en la retaguardia. Fuera de la salon, la procesión se reformó y se dirigió a lo largo del Amplio Bulevar Dorado hacia las Puertas del Paraíso.

En el Gran Salón de la Relajación quedó un destacamento de serafines acorazados, los principados y la Orquesta de Plata del Paraíso Exterior. Había nuevos deberes que cumplir. Absolin devolvió a Alisa al suelo.

—¿Puedo ver los instrumentos de la orquesta?

—Por supuesto —respondió Absolín—, pero date prisa. Hay una reunión en la Gran Salon de Planificación, y yo formo parte del comité. La reunión comenzará en cualquier momento. Te llevaré allí cuando estés lista.

—Oh, no lo sabía. ¿Podemos ir ahora? No quiero que te pierdas tu reunión.

Cuando salieron del Gran Salón de la Relajación, Absolín detuvo una burbuja flotante. Ambos entraron en ella y salieron despedidos hacia la Gran Salon de Planificación.

UN PLAN DE ACCIÓN

Absolín y Alisa salieron de la burbuja y entraron en la Gran Salon de Planificación. Esta sala tenía forma ovalada, y descendieron a el pozo de suelo. At the narrow end of the room was a gallery, to which Absolin and Alisa climbed. Se sentaron en asientos de terciopelo.

A la izquierda de la salon había dominios de varios colores, sentados en filas escalonadas. A la derecha había filas de arcángeles y ángeles de tamaño medio de distintos colores. En el extremo de la salon, justo enfrente de Absolín y Alisa, había una silla en forma de trono sobre una plataforma elevada. A ambos lados de esta plataforma había filas de principados.

Por un rato, reinó un silencio absoluto. Acto seguido, con una fanfarria de trompetas, un Dominio llamad Poderoso de aspecto más majestuoso, vestido con una túnica carmesí y un tocado en forma de corona, entró en la sala. El Dominio subió a la silla con forma de trono y se sentó.

—Bienvenidos todos a esta importante reunión de planificación.

Hubo una larga pausa mientras barajaba unos papeles.

—En esta reunión, esperamos exponer todo el proceso para la entrega de lo que ahora se llama la Fruta Energia Extrema Elegida en el Dimensión del Vacío. Pasaremos lista antes de empezar. Gracias a todos.

Absolín se volvió hacia Alisa y le dijo: —Alisa, ese siervo del Paraíso con la túnica carmesí es el Dominio llamado Poderoso. Tiene un aspecto muy diferente vestido de carmesí. Le dije que eres una invitada especial en el Paraíso Exterior. Probablemente te mencionará.

Tras una pausa, un principado gritó: —Todos presentes.

El Dominio llamado Poderoso continuó entonces: —En primer lugar, me gustaría presentarles a todos a una invitada especial, una amiga de Absolín. Al parecer es un niña a la que llaman un Alisa. Según Absolín, un Alisa viene de un tiempo y un lugar muy diferentes. Un Alisa, eres bienvenida muy a Paraíso Exterior.

—Bienvenida un Alisa —gritó toda la asamblea.

—Ahora, sentémonos todos y compongámonos antes de empezar.

El Arcángel Urías fue el primero en hablar: —La última vez que se lanzó una Fruta Energia Extrema Elegida a la Dimensión del Vacío, fue un desastre. Como el que hizo la planificación de ese esfuerzo, asumo toda la responsabilidad por su fracaso. No me di cuenta de la destructividad de los demonios.

—Oh, no te culpes —dijo el Dominio llamado Poderoso—. Aunque tú estabas al mando, fue un trabajo de equipo. No fue todo culpa tuya.

Absolín se levantó para hablar: —Me sorprende que alguien pueda recordar tantos eones atrás. De todos modos, yo también participé, y tienes razón; no nos dimos cuenta del engaño de los demonios.

El Dominio llamado Poderoso se inclinó hacia delante desde su silla en forma de trono y dijo: —Miren, todos sabemos lo que pasó. La última vez que intentamos lanzar una Fruta Energia Extremo Elegida, para comenzar un Nuevo Universo, perdimos la concentración. Todo se volvió loco; fue un desastre. Tuvimos que enviar a millones de ángeles para limpiarlo todo. ¡Qué asco! Siento náuseas cada vez que pienso en ello.

—Hola a todos, tengo una idea —dijo un pequeño querubín encajado junto a un arcángel—. ¡Creo que la tengo!

—Vente para acá, pequeño, y cuéntanos tu idea. Necesitamos todas las ideas posibles. ¿Cómo te llamas? —preguntó el Dominio llamado Poderoso.

El querubín bajó volando al piso hundido y se volvió hacia el dominio: —Oh, honorable Dominio, mi nombre es Acibeel. Tengo una sugerencia para el honorable Dominio. Tengo razones para creer que en el lanzamiento anterior, los demonios pudieron introducirse en la Fruta Energia Extrema Elegida para perturbar los átomos mientras se formaban. Ahora creo que hay una solución.

—Cuéntanoslo.

—¿Recuerdas cómo los demonios solían romper los muros entre las dimensiones y causar el caos? Millones de querubines fueron luego reducidos a tamaño microscópico. Éramos capaces de meternos bajo las escamas de los demonios para hacerles cosquillas.

—Oh sí, lo recuerdo. Los demonios se sintieron tan cosquilleados que desistieron de su ataque y se retiraron a las puertas del Infierno. Ahora lo recuerdo.

—Bueno, honorable Dominio, el mismo plan podría usarse ahora para asegurar que la Fruta Energia Extrema Elegida se desarrolle correctamente. Nosotros, los querubines, podríamos entrar después del lanzamiento para asegurarnos de que se ayudara a los átomos a formarse correctamente y de que estuvieran protegidos. El Nuevo Universo comenzaría correctamente —dijo el querubín.

—Que sigas.

—Mientras tanto, los serafines acorazados podrían repeler cualquier ataque de los demonios. Todo funcionaría sin problemas.

—Muy bien entonces. Creo que has encontrado algo bueno. Necesitamos reunir un trillón de querubines en la Gran Llanura del Recreo. Habrá que reducirlos a tamaño microscópico para convertirlos en microquerubines. Ah, y puedes agradecerme por acuñar el nuevo nombre: microquerubines. Ejem. Los microquerubines recibirán instrucciones sobre lo que deben hacer. Mi viejo amigo, el Dominio Onslom, puede recitar los conjuros necesarios para permitir el encogimiento de los querubines. Creo que él aún hace encantamientos. ¡Entonces, hagámoslo! —ordenó el Dominio llamado Poderoso.

Absolín gritó: —¿Crees que la Alisa puede unirse a los microquerubines? Ella dice que le gustaría mucho probar un encogimiento.

—Muy bien, creo que sería aceptable. Emparejaremos a la Alisa con Acibeel para que la Alisa esté a salvo. — Continuó—: Ahora, honorables principados aquí presentes, deben reunir al menos un trillón de querubines en la Gran Llanura del Recreo. Encuentren Onslom y su Libro de encantamientos. Los querubines deben ser reducidos a tamaño microscópico. ¡Todos, Por favor dispersaos!

Los principados se movieron como uno solo. Abandonaron la sala para reunir a los querubines trillones en la Gran Llanura del Recreo y buscar a Onslom y su Libro de encantamientos.

Absolín y Alisa se unieron al éxodo. Tomaron una burbuja para seguirlos.

14

EL ENCOGIMIENTO

EL ÁNGEL y la niña viajaron hasta la Gran Llanura del Recreo. Alisa hablaba: —Estoy muy emocionada, Absolín; mi papá a veces me llevaba al laboratorio donde trabajaba. Me hablaba de los átomos y de cómo eran los componentes básicos de todas las cosas. Me parecen tan misteriosos. Cuando oí el Doninio llamado Poderoso hablar de encoger a los querubines para que pudieran ayudar a los átomos, me emocioné mucho. Espero que el encogimiento funcione para mí. Veré a los pequeños átomos y me aseguraré de que estén protegidos de los demonios.

—Vaya, ¿crees que te gustará? Qué valiente eres, Alisa. Pero primero, debemos conectar con Acibeel. Él será tu compañero para el encogimiento.

Mientras sobrevolaban la Gran Llanura del Recreo, pudieron ver innumerables hileras de lo que sabían que eran querubines vestidos de blanco. Las filas se extendían en la distancia hasta convertirse en un borrón.

43

—Parece que ya hay un trillón de querubines esperando ser encogidos —dijo el ángel.

Salieron de la burbuja junto viejo Dominio Onslom. Ya estaba de pie frente a un podio acompañado por un ángel asistente. Cuando el Dominio Onslom vio a Alisa preguntó:

—¿Qué tenemos aquí? ¿Qué es esto?

—Se trata de una Alisa —respondió Absolín—. Le hemos prometido a la Alisa que podrá unirse a Acibeel y a los demás Querubines en el encogimiento.

—Bueno, será mejor que la Alisa se dé prisa. ¿Es Acibeel el del frente? Está esperando allí en la primera línea. Estoy a punto de hacer el encantamiento.

Alisa trotó hasta situarse junto a Acibeel. Justo cuando ocupó su lugar, el Onslom del Dominio encontró las líneas correctas en la página y coreó: —¡Ichbar... inbar... enchelendar!

En un instante —donde antes había líneas de querubines que se extendían hasta el horizonte—, ahora había lo que parecía una enorme sábana blanca que se extendía en la distancia. Los querubines habían desaparecido por completo.

Absolín se quedó atónito. En todos sus eones nunca había visto nada parecido. La sábana blanca comenzó a formar montículos y luego estos se elevaron hasta formar una gran nube blanca. La nube blanca se cernía sobre la Gran Llanura del Recreo, como si esperara el próximo movimiento.

Ahora que Absolín estaba solo, decidió volar desde la Gran Llanura del Recreo hasta el café néctar, en lo alto de las almenas. Lo acompañó su amigo Anscar. Encontraron asientos con una buena vista de la llanura y del nube blanca que se cernía sobre ella. Alisa estaba en algún lugar de la nube. Absolín esperaba que todo le fuera bien.

45

15

LA PROCESIÓN POR LA LLANURA

La procesión del Hijo Querido había abandonado el Gran Salón de la Relajación. El estrado y el asiento con incrustaciones de joyas en el que se había sentado el Hijo Querido se apartaron a un lado. Se estaba formando una nueva procesión.

Los poderes que llevaban el camillo con la Fruta Energia Extrema Elegida ocuparon sus puestos en las cuatro asas. Trajeron la camilla al pasillo central y la alinearon frente al maestro de ceremonias, Dominio llamado Poderoso. Había regresado apresuradamente de la Gran Salon de Planificación y estaba en posición de firmes justo dentro de las puertas traseras de la salon.

Se había quedado atrás un destacamento de serafines acorazados cuando partió la procesión del Hijo Querido. Ahora tomaron posiciones de guardia a ambos lados del camillo. La Orquesta de Plata del Paraíso Exterior formó detrás del maestro de ceremonias y detrás de ellos había una tropa de trompetistas listos para tocar una fanfarria. En la retaguardia se situaron los principados portando sus estandartes.

La procesión estaba lista para partir. Los trompetistas tocaron una fanfarria. La Orquesta de Plata del Paraíso Exterior empezó a tocar. La procesión salió por las puertas traseras del Gran Salón de la Relajación.

La salon estaba en lo alto de las almenas del Paraíso Exterior. Para llegar a la Gran Llanura de la Recreación, la procesión descendió por la amplia rampa que zigzagueaba hasta el fondo. Cuando llegó al final, la procesión salió a la amplia extensión de la Gran Llanura de la Recreación.

Los estandartes de los principados ondeaban con una ligera brisa mientras la procesión se dirigía hacia la Barrera Invisible. Se detuvo al acercarse a ésta. La Barrera Invisible se interponía entre el Paraíso Exterior y la Dimensión del Vacío.

Una fanfarria de trompetas resonó en la Gran Llanura del Recreo. Avanzaron los cuatro poderes que transportaban el camillo con la Fruta Energia Extrema Elegida, flanqueados por serafines acorazados.

Una vez colocado el camillo, dos de los serafines acorazados se acercaron a la Barrera Invisible. Uno desenvainó su espada y el otro sacó un gran disco. Cuatro serafines acorazados agarraron las cuatro esquinas del tapiz que se extendía bajo la Fruta Energia Extrema Elegida. Levantaron la fruta en el aire y esperaron la señal.

El Dominio llamado Poderoso, el maestro de ceremonias, gritó desde la retaguardia: —¡Ahora!

Rápidamente se hizo un agujero en la barrera. y la Fruta Energia Extrema Elegida salió despedida hacia la Dimensión del Vacío. El serafín acorazado que sostenía el disco lo colocó de inmediato sobre el agujero para sellarlo.

Se oyó un sonido parecido a una explosión amortiguada. La Fruta Energia Extrema Elegida se expandió en la Dimensión del Vacío. Se expandió rápidamente, como un globo que se infla muy rápido. Estaba cambiando de color.

La voz del Dominio llamado Poderoso, el maestro de ceremonias, resonaba ahora por toda la Gran Llanura del Recreo: —¡Escuchen esto! ¡Escuchen esto! Ha sido lanzada la Fruta Energia Extrema Elegida. ¡Estamos comenzando el Nuevo Universo!

Toda la asamblea reunida en la llanura lanzó una gran ovación. Siguieron fanfarrias de trompetas que continuaron durante un largo rato. Todas las miradas se centraron en la explosiva expansión de la Fruta Energia Extrema Elegida, el Nuevo Universo.

CONTROL DE LA ENERGÍA

LA FRUTA ENERGGT Extremaa Elegida era ahora irreconocible mientras seguía expandiéndose para convertirse en el Nuevo Universo. La nube blanca que se había formado sobre la Gran Llanura de la Relajación había llegado a la Dimensión del Vacío desde el Paraíso Exterior. Después de cernirse, preparada, la nube descendió sobre el orbe en crecimiento y se absorbió completamente a través de la piel exterior.

Al entrar, la nube blanca se encontró con una ventisca de electrones, protones y neutrones. Los microquerubines habían llegado para domar estas partículas y dirigirlas a sus órbitas correctas, como átomos propiamente dichos. Sabían exactamente qué hacer. Tomaron cada partícula de energía y la ensamblaron para ir en la dirección correcta.

El Dominio llamado Poderoso, el maestro de ceremonias, había ordenado: —No habrá errores.

Acibeel y Alisa se encontraron en medio del caos organizado. Estaban rodeados de microquerubines que trabajaban frenéticamente. Alisa pensó: «¿Debería haber hecho esto? Esto es increíble, pero da miedo». Recordaba haber visto a los serafines acorazados comiendo rodajas de Fruta de Energía Extrema, pero nunca habría imaginado que dentro había miríadas de diminutos puntos de luz. Mantuvo los brazos alrededor de la cintura de Acibeel y aguantó.

Cuando Acibeel notó que se apretaba más, le preguntó:

—¿Estás bien ahí atrás?

—Sí, creo que sí —gritó Alisa.

—Nomás abrázame con toda tu fuerza. No quiero perderte en esta multitud.

Cuando cada partícula, electrón, protón y neutrón giraron en su órbita correcta, había terminado el trabajo de los microquerubines. Era la hora de abandonar el universo en rápida expansión y reagruparse en la nube blanca. Acibeel y Alisa fueron arrastrados por la aglomeración de cuerpos mientras la nube blanca se reformaba en la Dimensión del Vacío.

ATAQUE DE LOS DEMONIOS

MIENTRAS LOS MICROQUERUBINES trabajaban para controlar la energía dentro del Nuevo Universo, eran totalmente ajenos a lo que ocurría fuera. En el oscuro vacío del espacio, aparecieron las puertas del Infierno. Enjambres de demonios brotaron en el vacío. Tenían cuernos, alas rechonchas y largas colas. Sus armas eran lanzas y tridentes que emitían intensos rayos destructivos. Los serafines acorazados, que eran de tamaño normal cuando estaban en la Gran Llanura de la Recreación, se convirtieron en enormes guerreros en la Dimensión del Vacío. Formaban una línea entre el universo en expansión y los demonios que cargaban.

Con los arcos oscilantes de sus espadas, los serafines acorazados acuchillaron a la línea que avanzaba, cortando a algunos demonios completamente por la mitad. Los demonios que los seguían pudieron ver lo que ocurría. Se detuvieron, giraron y corrieron regresando hacia las puertas del Infierno.

Se había salvado el Nuevo Universo y seguía creciendo. Los serafines acorazados regresaron al Paraíso Exterior; se habían completado con éxito sus misiones.

Cuando la nube blanca se había reformado por completo, siguió a los serafines acorazados en su viaje de regreso al Paraíso Exterior. Se posó en la Gran Llanura del Recreo y se extendió como una enorme sábana blanca. Viejo Dominio Onslom seguía esperando en su podio.

Cuando el dominio entonó el conjuro correcto, —Enchelendar... inbar... ichbar —los querubines volvieron instantáneamente a su tamaño normal.

Absolín ya estaba esperando a Alisa. Cuando Acibeel y Alisa aparecieron en tamaño natural, Absolín recibió a su amiguita con un abrazo. Agradecieron a Acibeel por toda su ayuda el. A continuación, el dúo tomó una burbuja y cabalgaron hasta el café en las almenas. Alisa tenía mucho que contarle a Absolín.

18

LA VISTA DESDE LO ALTO

DURANTE TODOS LOS ACONTECIMIENTOS, Absolín había estado sentado en el café néctar, en lo alto de las almenas. Junto a él estaba Anscar, un ángel superior. Absolín sugirió:

—Sentémonos en el balcón.

Se habían trasladado a otra mesa para tener una vista mejor. Un querubín les trajo néctares mientras esperaban a que se desarrollara el drama. Anscar contemplaba la Gran Llanura del Recreo y atravesaba la Barrera Invisible.

—Mira Absolín, hay una nube blanca flotando en la Dimensión del Vacío. Ah, y abajo, una procesión con estandartes ondeando. Está justo al lado de la barrera.

Oyeron el débil sonido de fanfarrias de trompeta.

—Correcto —dijo Absolín—. Están lanzando la Fruta Energia Extrema Elegida. Mira, se está expandiendo en la Dimensión del Vacío para convertirse en el Nuevo Universo. Me pregunto qué será lo próximo.

Mientras observaban, la nube blanca descendió en picado y desapareció en el globo en expansión. Más tarde vieron que algo parecido a una columna de humo salía del Nuevo Universo y volvía a formar en la nube blanca. Absolín esperaba que Alisa estuviera a salvo y que Acibeel la hubiera protegido.

Cuando vieron que la nube blanca regresaba al Paraíso Exterior, Absolín supo que había llegado el momento de recibir a Alisa. Se excusó de Anscar y voló hasta la Gran Llanura del Recreo para saludar a su amiguita.

19

PONERSE AL DÍA

Cuando Absolin y Alisa se sentaron en el café de las almenas, Alisa le contó todo lo que pasaba con los átomos.

—Oh, Absolín, qué maravilloso era. Primero, estuve con todos estos millones de querubines. Me aceptaron como si fuera uno de ellos. Fue asombroso. Luego, más tarde, todos fuimos lanzados en medio de una ventisca de remolinos de puntos de luz. Supongo que eran las partes de átomos. Ellos giraban y giraban, pero los querubines lo controlaban todo.

—¿Acibeel te cuidó bien? Me preocupaba que fuera demasiado para ti.

—Sí, lo hizo; pude aferrarme a él todo el tiempo.

—Eso suena muy bien. —Luego Absolín continuó—: Ahora, Alisa, has sido muy valiente. Tal vez te gustaría participar en otras aventuras. ¿Crees que te gustaría?

—Oh sí, me encantaría.

—¿Recuerdas a Dominio llamado Poderoso de la túnica carmesí? Estaba a cargo de la Gran Sala de Planificación,

¿verdad? Acaba de informarme de que debo ir a comprobar el trabajo de los querubines que han sido encogidos para convertirse en nubes de microquerubines. Los está enviando a trabajar en algunos proyectos especiales. Si quieres, puedes acompañarme.

—Siempre y cuando yo esté contigo…

—Claro que sí, Alisa. Por coincidencia, viajaríamos casi al mismo tiempo y lugar que donde vives. Debería ser posible dejarte en tu casa. Ya veremos. ¿Qué te parece?

—Oh, eso estaría bien. ¿Cuándo iríamos?

—Me van a dar otro ángel como compañero de viaje. Así que tendré que unirme a él primero. Ahora, ¿por qué no tomas un poco de pastel ángel? Pareces tener hambre.

Justo cuando Absolín se levantaba de la mesa, un pequeño ángel verde se acercaba a él.

—Honorable ángel, ¿eres tú Ángel Absolín?

—Así es. Tú debes ser mi compañero de viaje.

—Sí, me han encargado que le acompañe durante tu sus inspecciones.

—Ángel Verde, ella es Alisa. Viajará con nosotros. —Entonces, volviéndose hacia Alisa, Absolín dijo—: En realidad Alisa, es cierto, una de las eras a las que vamos es muy cercana a la era de tu hogar. Cuando termine mis inspecciones, podemos dejarte en el tiempo en la que vives. Seguro que las otras Alisas te echan de menos.

—No estoy segura de entenderlo todo Absolín, pero haré lo que dices.

—Llevaremos tu propia ropa con nosotros. Antes de que hagamos la entrega, puedes cambiarte en ella. No querrás parecer demasiado «fuera de lugar».

—Desde luego.

—De acuerdo entonces. Encontraremos una burbuja y nos pondremos en camino.

Acto seguido, Absolín comprobó las burbujas que flotaban, eligió una del tamaño adecuado y los tres emprendieron el viaje.

20

LA NUEVA AVENTURA

ALISA, Absolín y el ángel verde volaron en una burbuja encima de la Gran Llanura del Recreo. Volaron hacia donde Absolín sabía que había una salida a la Dimensión del Vacío. La Burbuja ahora avanzaba a toda velocidad en total oscuridad.

—No veo ninguna estrella. ¿Dónde están las estrellas? —preguntó Alisa.

—Ese globo gigantesco que acabamos de pasar, es donde están las estrellas. Aún no han empezado a salir... lo harán.

En un instante, recorrieron incontables años luz en el espacio, pero viajaban fuera del tiempo. De repente, había estrellas por todas partes y pasaban junto a una gran bola naranja resplandeciente.

—Eso se parece un poco a un sol. Es tan grande y caliente —dijo Alisa.

—Sí, es un sol.

—¿Qué es eso que tenemos ahora delante? ¿Existe un

planeta marrón con manchas azules?

—Sí, hay, Alisa.

Antes de que la niña pudiera volver a hablar, habían descendido en picado sobre el planeta marrón y se detuvieron cerca de un enorme estanque brillante.

—Oh, hay una nube blanca; no esperaba que siguiera aquí. ¿La ves ahí fuera, Alisa, en medio del estanque? Está justo en el agua. Los microquerubines del Dominio llamado Poderoso siguen trabajando.

—Sí, puedo ver la nube, Absolín. ¿Así se veía mi nube desde afuera?

—Exactamente así, excepto que más grande.

—¿Qué están haciendo todos?

—Bueno, se supone que están empezando la vida aquí. Esperemos un poco para ver qué pasa.

—Oh mira, Absolín, el agua se está volviendo verde justo donde está la nube. ¿Qué es eso?

—Eso será parte de lo que están haciendo, la parte que podemos ver.

Una capa verde se extendía lentamente alejándose de la nube blanca, en todas direcciones.

—Eso es. Han conseguido que empiece la vida. Ahora salgamos de aquí. Hay más comprobaciones que hacer.

Cuando la burbuja se alejó del estanque y se elevó en el aire, Alisa pudo ver que se dirigía directamente hacia una enorme nube oscura. Cuando la burbuja se zambulló en la nube, sólo pudo ver oscuridad por todas partes. Después de recorrer una distancia, se sumergió bajo la nube y cayó en una tormenta torrencial. Alisa pudo ver cómo el agua fluía por todos lados mientras seguía cayendo y emergía en un claro entre árboles. Pronto dejó de llover y la burbuja flotó sobre el suelo frente a un grupo de figuras misteriosas. Para Alisa, parecían pequeños monos.

Cerca de la burbuja, sentada en el suelo, había una pequeña nube blanca. Cuando la nube se levantó, reveló una pequeña figura tumbada en la hierba larga. Cuando se levantó la nube y desapareció de la vista, Absolín empezó a hablar con la pequeña figura. Hablaba en un idioma extraño. De repente, la figura saltó del suelo. Al principio, parecía confusa, pero entonces fijó su mirada en el ángel y empezó a responder. La voz parecía la de una niña. Alisa se quedó perpleja y pensó: «¿De qué están hablando?».

Sintió deseos de interrumpir a Absolín, pero decidió no hacerlo. El ángel continuó la conversación con la pequeña figura por un rato, y luego, cuando dejó su de hablar, la burbuja retrocedió y nuevamente quedó envuelta en la tormenta de lluvia.

Cuando empezó a acelerar y a elevarse entre las nubes, Absolín se volvió hacia el ángel verde y le dijo: —el Dominio llamado Poderoso estará muy satisfecho con lo que los microquerubines han conseguido aquí.

Se desplazaron por encima de las nubes y viajaron entre las estrellas. Entonces, Alisa divisó un Sol más grande y brillante de lo que hubiera esperado. Cuando ella miró hacia abajo, habían desaparecido las nubes. No había nubes, sólo azul y verde. Pensó: «¿Dónde está eso? Tiene la forma del lago San Roque».

—¿Es ese el lago San Roque? —gritó—. ¡Estoy en casa!

—Sí Alisa, es el lago San Roque.

La burbuja descendió hasta flotar por encima del camino frente a un edificio de apartamentos.

—Oh, ahí está el letrero de nuestra calle, la calle Benjamin Gould. ¿Tendré que despedirme ahora? Supongo que este es el final de nuestro viaje.

—Sí, estás en casa, Alisa.

—Te echaré mucho de menos, Absolín. Tengo que agradecerte toda tu amabilidad. Nunca te olvidaré —Alisa ahogó un sollozo.

—Oh Alisa, siempre eres bienvenida a ser mi invitada. Dame un abrazo y sécate los ojos. Algún día nos volveremos a ver. Ahora ve y come algo.

Tras un abrazo, la niña hizo una pausa y se quedó callada. Salió cautelosamente de la burbuja y se volvió para despedirse con la mano y soplar un beso. La burbuja retrocedió a paso lento y se alejó volando por encima de los edificios hacia el cielo crepuscular. Alisa se volvió hacia la entrada del apartamento.

Su madre la oyó entrar: —¿Dónde has estado, Alisa? ¿Has estado en el Museo del Observatorio todo este tiempo? Se te ha enfriado la cena, así que la he puesto en la nevera. Ahora, quítate el abrigo y ven a comer algo. Te calentaré los panqueques.

—¡Qué rico, mamá! ¡Se me hace agua la boca! Me muero de hambre.

21

LOS LEONES

EL VIEJO LEÓN del cabo intentaba rugir, pero lo que emitía era una mezcla de gruñido y quejido. El gruñido parecía provenir de lo más profundo de la garganta del animal. La terrible sequía en los pastizales le estaba pasando factura. Su edad y el hecho de no haber comido nada en tres días empezaban a mermar sus fuerzas. El rugido habría tenido como objetivo congelar de miedo a cualquier animal que se encontrara entre él y las leonas. Pero de nuevo hoy, no había señales de caza cerca, ni antílopes, ni gacelas, ni cerdos ñus.

La sombra del hambre se cernía sobre toda la manada. A menos que hubiera comida, estaba en duda su supervivencia, y los miembros más jóvenes morirían primero.

Las leonas de la manada se vieron impulsadas a actuar por la creciente sensación de hambre que les corroía las entrañas. Se levantaron juntas y se dirigieron al río. Lo que había sido una corriente rápida se había convertido en poco más que un pequeño arroyo. Las leonas empezaron a caminar por la orilla.

Quizá algún animal se acercaría para beber. Pasaron junto a un gran cadáver. Un buitre estaba en cuclillas, todavía hurgando en los huesos. Siguieron adelante y finalmente vieron una gacela solitaria en el arroyo. La gacela estaba bebiendo, ajena a cualquier peligro.

Como no había cobertura de arbustos, las leonas tendrían que rodear a la gacela para evitar que escapara. De repente, el animal se sobresaltó. Sabía que había peligro. Empezó a alejarse, pero era demasiado tarde. La leona más rápida le pisaba los talones. De un salto, agarró a la gacela por el flanco. El animal se desplomó en el suelo, donde la gran felina le hundió los dientes en el cuello. Las otras leonas se abalanzaron sobre la presa y empezaron a arrancarle hasta el último trozo de carne de los huesos. Los miembros más jóvenes de la manada no conseguirían hacerse con la comida entre la multitud. Tendrían que esperar a que sus hermanas mayores tuvieran la barriga llena para conseguir su ración.

Las leonas se alejaron de nuevo por la orilla del arroyo. Habían explorado muchos recodos sin encontrar nada. Bandadas de pájaros se reunían frente a ellas pero, al acercarse, volaban y desaparecían como un espejismo. Los grandes felinos siguieron caminando sin hacer ruido, bajo los abrasadores rayos del sol del mediodía. Entonces, empezó a percibirse un olor desconocido en el aire. Las leonas empujaron en dirección al olor y, espoleadas por el hambre, empezaron a correr en esa dirección. Corrían entre dos selvas cuando, sobre una colina, en el centro del altiplano los pastizales secas, había una manada de animales de dos patas. La manada estaba casi inmóvil, como si esperara a los grandes felinos. Impulsadas por el instinto, las leonas aminoraron la marcha y se dispersaron para rodear a su presa. Después de todo, era posible que la manada sobreviviera la temporada.

22

UN FINAL TRÁGICO

UN GRUPO bípedos de pelo oscuro emergían del borde de una jungla. Atravesaron con dificultad un laberinto de ramas y maleza. Luego, a la luz del sol, se agruparon y empezaron a caminar por un pastizales llana. Se dirigían al pie de otra jungla, todo recto. Antes de llegar al frescor de la jungla, uno de estos macho pelo oscuros vio un gran felino acechando entre él y los primeros árboles. Miró a la derecha y a la izquierda —había grandes felinos por todas partes—. Una manada de leonas rodeaba al grupo. Los grandes felinos se abalanzaron y rápidamente derribaron al suelo a cada uno de pelo oscuro bipedo. Cada leona encontró un cuello que morder, comenzando la agonía de su presa. Gritos y aullidos llenaron el aire. Estaba condenado el grupo.

Sólo dos machos adultos y una hembra joven consiguieron salir de debajo de una pila de cuerpos retorcidos. Corrieron aterrorizados hacia la seguridad de los árboles.

Al llegar a los árboles, los adultos se abrieron paso entre la maleza y se subieron a las ramas. La hembra joven no podía seguirles el ritmo, así que, al llegar a la maleza, siguió adelante. Asustada, chocó con un grupo de madres que jugaban con sus crías. La hembra corrió hacia la más cercana y hundió la cabeza en el cuello de la madre. La madre dejó caer a la cría que sostenía y rodeó con sus brazos a la pequeña pelo oscuro que temblaba. Permanecieron así mientras las otras madres salían a ver qué había pasado en los pastizales. Allí se quedaron heladas de miedo. Cuando regresaron, recogieron a todos los bebés y se subieron a los árboles. Ayudaron a la hembra joven pelo oscura a subir a un árbol y la empujaron a una plataforma suspendida de ramas y hojas. Allí se quedó tumbada, temblando de miedo.

Más tarde, sentado, la pelo oscuro empezó a hablar con una vocecita: —Crum... Crum... —pero las madres no la entendieron.

Se miraron interrogantes y gruñeron entre ellos. Olisqueaban el cuerpo de la pelo oscuro y jugueteaban con su pelo.

Los machos que habían escapado a la masacre se habían encaramado a las ramas superiores, desde donde miraban a través del follaje hacia donde las leonas seguían devorando los cadáveres de sus congéneres. Ya no se oían chillidos ni gritos. Aparte del ocasional crujido de un hueso, una sombría quietud se cernía sobre todo. Finalmente, cuando estos supervivientes se apartaron de la escena de horror, vieron que estaban siendo observados por otros bípedos que los miraban a través de masas de hojas.

Uno de los supervivientes empezó a hablar: —Crum... Crum... —pero nadie entendieron los sonidos.

Los otros dos bípedos se limitaron a dar la espalda y se internaron de nuevo en la selva. Los supervivientes se encogieron de hombros y se dedicaron a probar las hojas de esta nueva . Pronto olvidaron a sus compañeros muertos.

23

LOS PELINEGROS

Los bípedos de pelo oscuro de esta historia eran los Cee Persh. Habrían vivido en la selva hace muchos eones. El nombre Cee Persh los distingue de muchos bípedos prehistóricos similares conocidos por los antropólogos. Los antropólogos llaman «banda» a una agrupación de parentesco más o menos amplio como la suya. Los Cee Persh eran ágiles y delgados, con brazos y piernas fuertes. La mayor parte de su cuerpo estaba cubierto de pelo. La banda particular de esta historia, que casi fue aniquilada por las leonas, la llamaremos los Cee Persh Pelo Oscuros. Iban al encuentro de sus primos perdidos. Estos primos eran pelo ligeros, probablemente porque habían vivido durante muchas generaciones más lejos del ecuador. El rostro típico de un Cee Persh no era muy diferente del de un humano, salvo por el hecho de que sus rasgos no eran tan estilizados y redondeados. Tenían la nariz chata y los ojos marrón oscuro en cuencas profundas. Los Cee Persh se comunicaban entre sí mediante sonidos básicos. Sus «idiomas» se componían de gruñidos y chillidos. Aunque casi siempre andaban a dos patas, su hábitat junglatico les obligaba a balancearse de rama en rama y a desplazarse de árbol en árbol. Los machos adultos medían unos 1.650 milímetros y las hembras unos 1.520 milímetros.

Para sobrevivir, los Cee Persh vivían en los árboles de las junglas, muy por encima del suelo. Allí estaban a salvo de los depredadores más peligrosos. Cuando se enfrentaban a un enemigo, su único medio de defensa era gritarle o huir de él. Ocasionalmente, si uno de los miembros se enfrentaba a una amenaza seria, simplemente se trasladaban a otra zona de árboles. Pero, en cualquier caso, donde no había jungla, no había protección. Los Cee Persh lo veían todo con visión de túnel. Gran parte de su energía se centraba en preservarse unos a otros, y a la banda.

Esta historia está ambientada en las junglas del sur del continente africano. Los orígenes de nuestros Cee Persh están necesariamente rodeados de misterio, al igual que el tiempo que llevaban viviendo en sus refugios junglaticos. Aunque los Pelo Oscuros y sus primos Cee Persh pelo ligeros parecían diferentes, compartían la misma composición genética.

La banda, que fue casi totalmente aniquilada por las leonas, cruzaba un pastizals para reunirse con otra banda de su especie. Puede que lo hicieran para intercambiar parejas o para encontrar mejor comida. Este desastre, el encuentro fatal con las leonas, fue inusual porque los Cee Persh no solían exponerse al peligro en campo abierto. Su memoria de grupo les recordaba que siempre eran más vulnerables en espacios abiertos sin árboles.

24

LA VIDA SELVÁTICA

EN CUANTO LA primera luz del sol se filtraba entre las hojas de su hogar en la jungla, los Cee Persh buscaban su primer alimento del día. Buscaban hojas frescas comestibles y bayas o frutos secos. Las madres con joven buscaban hojas tiernas que pudieran preparar para sus pequeñas bocas. Los miembros de una banda pasaban todo el tiempo entre las copas de los árboles. A lo largo de generaciones, habían aprendido que el lugar más seguro para ellos era entre las ramas más altas. Las hojas y las frutas de los árboles les proporcionaban el alimento que necesitaban. Todos sus nacimientos, vidas y muertes tenían lugar aquí, y sus vidas eran en su mayoría pacíficas.

Aunque en la selva pudo haber animales peligrosos que convenía evitar, nuestros Cee Persh particulares fueron capaces de entablar amistad con otros habitantes de la selva. Las madres habían entablado amistad con los lagartos de dientes afilados que vivían junto a ellas. Los lagartos, al atrapar arañas peligrosas y otros insectos, podían añadir un nivel extra de protección para los jóvenes. Por su parte, las madres proporcionaban bayas a los Dientes Afilados, cuyas garras no servían para recoger esta fruta; sus garras servían sobre todo para trepar. Cada vez que un Diente Afilado se cruzaba con una madre Cee Persh, hacía saltar una baya entre sus mandíbulas.

La llegada de los tres supervivientes pelo oscuros del ataque de las leonas apenas fue percibida por la banda de pelo ligeros. Habían encontrado un refugio seguro en esta nueva jungla y se adaptaron a la rutina diaria. Esto era especialmente cierto en el caso de la pequeña hembra pelo oscuro. Aunque todavía no entendía el lenguaje de los Persh, podía ver que había una relación especial entre las madres y los lagartos de dientes afilados. Trepaba hasta donde alimentaban a uno de los pequeños y observaba cómo introducían una baya en la boca de un lagarto que pasaba por allí. Las madres enseñaron a su nueva hija a introducir una baya en la boca de un lagarto. En poco tiempo ella se unió a las madres en el cuidado de sus joven.

25

UNA EXTRAÑA AMISTAD

La fuerte amistad de la banda de Cee Persh con los Dientes Afilados se forjó después de que los Persh huyeran de una plaga de feroces monos del cabo. La banda se vio obligada a trasladarse a otra parte de la jungla en busca de seguridad. Los monos habían atacado a menudo a los Persh, intentando arrebatarles las hembras jóvenes. Esta le resultaba una amenaza real a la banda, que tenía que ser muy protectora con sus crías. Ahora, en esta nueva parte de la jungla, habían podido encontrar seguridad y, por suerte, encontrar a los lagartos de dientes afilados. Floreció la amistad con los lagartos. Los Cee Persh se sintieron seguros.

Sin embargo, en una ocasión, cuando se acercaba la puesta de sol, unos Persh que se encontraban cerca de un claro de la jungla oyeron un ruido espantoso. El sonido les hizo temblar hasta los huesos. Los aullidos que oyeron sólo podían ser de los feroces monos del cabo. Los monos habían descubierto a dónde habían escapado los Persh y pronto vendrían a intentar capturar a las hembras jóvenes. Efectivamente, cuando algunas madres y hembras jóvenes se acostaban en sus nidos, los monos del cabo habían olido su presencia.

Un mono irrumpió entre el denso follaje de un nido y se abalanzó sobre una hembra joven. La tomó por el brazo y la agarró por la cintura. Ella gritó mientras el mono la levantaba y regresaba al follaje denso. Pero un Diente Afilado, aferrado al tronco de un árbol, saltó lateralmente sobre el hombro del mono del Cabo y le hundió los dientes en el cuello. Otros Dientes Afilados aparecieron y agarraron al mono por los brazos y las piernas. Hundieron sus dientes profundamente en la carne. El mono aullaba y se agitaba de manera salvaje. Dejó caer a la joven hembra Persh y se dio la vuelta para huir. Al hacerlo, chocó de frente con otros monos del cabo que venían a unirse a la caza. Estos monos recibieron el mismo trato por parte de los Dientes Afilados, que hundieron sus dientes en carne inesperada. Había un gran clamor de aullidos cuando los Dientes Afilados agarraron los brazos y las piernas de los monos que huían y los animales tropezaron o cayeron al suelo.

A pesar de esta victoria de los Dientes Afilados, existía el temor continuo de que, en algún momento, los monos del cabo superaran a los lagartos y llegaran hasta las hembras jóvenes. La banda Cee Persh vivía ahora en el límite más alejado de su puesto en la jungla. No había otro lugar a donde ir si los monos del cabo superaban a los lagartos. La única solución permanente era que la banda llegara a la otra jungla, la que podían ver a través de una amplia franja de pastizales. Sin embargo, sus instintos les advirtieron de los peligros que entrañaba exponerse en campo abierto. Su instinto también les decía que, durante la travesía, sólo una lluvia torrencial impediría que el olor de sus cuerpos llegara a las fosas nasales de los carnívoros errantes. Tendrían que esperar a las fuertes lluvias de la estación lluviosa para escapar a un lugar seguro. El mayor de los Persh hizo esperar a la banda hasta el primer aguacero. Esperarían y esperarían hasta que llegara el momento adecuado.

La huida sería traumática. Este era el único hogar en la jungla que esta banda había conocido. No recordaban lo que les había sucedido a sus antepasados. Pero era hora de mudarse a una nueva jungla donde no hubiera monos del cabo.

26

UNA NUEVA JUNGLA

OSCUROS NUBARRONES HABÍAN EMPEZADO A CERNIRSE sobre la junglatica morada de la banda de Cee Persh. Comenzaron entonces los primeros aguaceros de la estación lluviosa. Había llegado el momento de que los Persh buscaran un nuevo hogar en aquella jungla al otro lado del altiplano de pastizales. Un amanecer, llovía a cántaros y más cántaros, y no iba a parar.

Un macho mayor gritó: —Graaak... grick... graaan...

Todos los miembros de la banda dejaron lo que estaban haciendo y, abandonando sus frondosos nidos y etapas, ellos bajaron a al suelo de la jungla. Los sanos ayudaban a los débiles. Las madres llevaban a sus joven bajo el brazo mientras se balanceaban hacia el suelo. El grupo se reunió entre la maleza. Estaban listos para seguir a los Persh mayores cuando se adentraran en el cegador diluvio.

—¡Greeek... greeek! —la banda se esforzó por avanzar.

Pronto el agua caía en cascada por todas las cuerpos peludos. Todo lo que los Persh podían ver era un muro de agua que caía, pero siguieron avanzando. Habían pasado tanto tiempo mirando su ansiado refugio que podrían haber encontrado el camino con los ojos cerrados. Siguieron caminando bajo la lluvia hasta que, de repente, donde no habían visto más que agua, apareció la maleza y la silueta de unos árboles. Después de que dos machos mayores buscaran peligro en el interior y no lo encontraran, todo el grupo se abrió paso entre la maleza y los arbustos. Treparon por las ramas e iniciaron la escalada hacia su nuevo hogar. Aunque chorreaba agua, la banda estaba feliz de estar a salvo.

Lo primero era montar nidos para las madres con crías. Debido al agua que goteaba de los árboles, se construyeron en cualquier lugar resguardado. Las lluvias torrenciales continuarían. La temporada no había hecho más que empezar.

Poco a poco, los Persh volvieron a su rutina de comer, dormir y asearse. Los tranquilizaban la paz y tranquilidad que reinaban entre los árboles. Aunque no habría lagartos de dientes afilados, su protección no era necesaria.

Esta paz y tranquilidad duraron hasta que, poco después de un amanecer determinado, se oyó el grito espeluznante de un machado joven: "Graakee..."

El joven Persh gritó aterrorizado cuando un gigantesco gorila del cabo atravesó los árboles y lo agarró por el cuello. El gorila sacudió al Persh por el cuello y lo arrojó al suelo. A este primer gorila siguió otro. Éste agarró a otro macho joven por el cuello antes de romperle la cara de un puñetazo y tirarlo al suelo. Estos feroces animales habían sido alertados de la presencia de los Persh por su parloteo matutino de gruñidos. Los gorilas probablemente estaban expandiendo su territorio, y estos Persh de dos patas se interponían en su camino.

Algunos seguían en sus nidos, pero todo la banda oyó el grito de horror. Su instinto de supervivencia cobró vida de repente y empezaron a alejarse, rama a rama, de la amenaza. Tuvieron que abandonar su nuevo hogar con todos sus nuevos nidos y perchas.

Finalmente, la banda se alejó lo suficiente como para que los furiosos gorilas perdieran interés en la persecución. Cuando llegaron al borde de la jungla, no había otro sitio a donde ir que hacia abajo. Comenzaron a balancearse hacia el suelo de la selva. Los machos que habían sido atacados lucharon por unirse a ellos. En cuanto toda la banda se hubo reunido, salieron entre los troncos de los árboles. Llovía a cántaros de nuevo mientras se dirigían a otro jungla y a un lugar seguro. Confiaban en que seguiría cayendo la lluvia.

27

UN ENCUENTRO BIEN RARO

Los Cee Persh huían a duras penas bajo una lluvia cegadora. Los machos mayores, que iban al frente del grupo en apuros, no podían ver nada más adelante. Pero la idea de que los gorilas pudieran venir detrás los animó a seguir. Seguían bajo la lluvia cuando se despejó de repente el cielo. Dejó de llover y el aire se volvió más fresco. Los Persh percibieron un nuevo peligro y se detuvieron dónde estaban. El agua seguía corriendo por el vello de sus cuerpos mientras una niebla empezaba a extenderse sobre ellos.

Al ser confundidos, algunos adultos mayores gruñeron,

—Graaa... graaa...

Empezó volverse más denso la neblina hasta condensarse en una nube blanca.

La nube envolvió a la hembra pequeña pelo oscuro, la joven superviviente. Había estado de pie cerca de las madres Persh, pero ahora quedó completamente oculta en la nube; es como si se huberia desaparecido.

Mientras tanto, una enorme bola translúcida había surgido entre las láminas de lluvia torrencial. Flotaba sobre la hierba y se dirigía hacia la nube blanca. Dentro de la bola había tres figuras brillantes que flotaban en el aire. Los Persh que vieron lo que ocurría se quedaron en silencio o se barajan de un lado a otro.

La nube blanca se elevó en el aire y quedó suspendida sobre la escena. La joven Pelo Oscuro apareció tumbada en la hierba húmeda. Se levantó de un salto e inmediatamente miró hacia la bola translúcida. Había tres figuras en fila, una al lado de la otra. Una figura alta estaba en el centro. Tenía el pelo dorado, estaba completamente cubierta con un largo vestido blanco y tenía unas enormes alas de plumas. A un lado de esta figura había otra mucho más pequeña. Era como una copia de la figura grande. Tenía alas, pero era de color verde y del tamaño de un joven Persh. La figura del lado opuesto tenía un aspecto diferente. Tenía el pelo largo y oscuro y vestía una túnica de plata brillante con un cordón dorado como cinturón. Esta figura no tenía alas propias, sino que estaba bajo un ala de la figura alta. Cada una de las figuras tenía una cara que no era muy diferente de la de un Cee Persh. Tenían ojos y boca, y los rostros eran suaves. Los tres rostros irradiaban calidez y los ojos brillaban como estrellas. Estos ojos miraban directamente a la pequeña Pelo Oscuro hembra.

—Saludos Ahn. Te traigo saludos del pasado... y del futuro. Te llamo Ahn porque ése es el nombre que me han dado para ti —dijo la figura alta. Y continuó—: Estoy aquí para decirte que ahora puedes entender lo que digo. Ahora puedes hablar el idioma que yo hablo. Ahora entiendes lo que ocurre a tu alrededor y puedes imaginar lo que ocurre en otro lugar. Crees en el futuro.

—Graaa... graaa... ¿qu... quién eres? —Ahn se esforzaba por hablar.

—No tengas miedo. Soy Absolín, un ángel. He venido aquí para confirmar que la nube blanca ha hecho bien su trabajo. Su trabajo era transformarte en una creación que nunca antes había sido creada. Ahora eres ese Nuevo Creacion —habló el ángel con voz dulce.

—¿Me vas a llévame lejos? —preguntó Ahn, queriendo saber qué estaba pasando.

El ángel respondió: —Te quedarás con los Pelo Ligeros para ayudarles a sobrevivir. Entiendo que emprenderás un viaje, pero no sé más sobre eso. Se te ha dado el don de una nueva luz para tu mente, y se te ha dado el don de dar esa luz a los demás. También se te han dado dones para tu cuerpo, para que sobrevivas y aguantes.

—Y... ¿te quedarás conmigo? —preguntó Ahn.

—Nuestro lugar no está aquí. Nuestro lugar está en otra parte. Partiremos ahora —respondió, y terminó con las palabras—: Ahn, cuídate bien... y a los demás.

En aquel momento, la bola translúcida comenzó a retroceder enhasta desaparecer entre las láminas de lluvia torrencial.

Ahn se sentó en la hierba húmeda. Su mente daba vueltas mientras miraba a su alrededor para recordar dónde estaba.

—¿Dónde estoy? ¿Con quién estoy? —se preguntó, y se sintió como si hubiera despertado de un sueño largo—. ¿De dónde han salido todos estos colores? ¿Por qué tengo el pelo tan mojado?

Los Persh se sobresaltón al oírla emitir esos extraños sonidos. Gruñeron entre ellos. Ahn estaba utilizando su nuevo lenguaje.

Era como si siempre hubiera vivido en una pequeña caja y ahora ésta se hubiera abierto de repente a la luz. Pensó: «Me siento completamente diferente por dentro y tan diferente ahora a los que están conmigo. Me pregunto qué me van a resultar a mí. En mi nuevo idioma, les llamaré con el nombre que me dio el ángel. Son mi familia Pelo Ligeros».

La lluvia torrencial empezó amenazar al grupo de nuevo. Los machos mayores volvieron a guiar al grupo a través de la lluvia para encontrar otra jungla. Mientras avanzaban, Anh hacía malabarismos con miles de pensamientos y sentimientos en su cabeza. Tenía que enfrentarse a un mundo completamente nuevo. Estrellas brillantes de todos los colores pululaban por su mente en marcado contraste con el sombrío aguacero. Incluso el agua que corría por el vello de su cuerpo tenía un nuevo significado. Era como una expresión física de algo que nunca antes había conocido. Estaba llena de alegría.

Existía la seguridad de que los Pelo Ligeros que huían llegarían pronto a la seguridad de otra jungla. Que todo iría bien. El grupo subió con dificultad una ladera bajo la lluvia torrencial y tropezó con la hierba larga. A continuación, atravesaron matorrales y maleza espesa antes de llegar a la cara oscura de una nueva jungla. No había ninguna incursión para comprobar por la seguridad, sólo alivio por haber encontrado refugio. Confiaban en que sería seguro.

28

TRAS EL ÁNGEL

Continuaba la lluvia mientras los Cee Persh entraban en su nuevo hogar en la jungla. Sus instintos aún estaban aturdido por los sucesos que le habían ocurrido a la hembra Pelo Oscuro. No comprobaron si había algún peligro; se abrieron paso a trompicones y empezaron a llenarse la barriga de hojas y bayas. Comían como lagartos hambrientos. Las hembras lanzaban bocados a la boca de sus crías.

Cuando los machos tuvieron suficiente para comer, construyeron nidos y otros lugares para dormir. Como seguía lloviendo, no construyeron en lo alto de las copas de los árboles. Eligieron zonas más bajas que tuvieran menos goteo de agua. Construyeron sus nidos como siempre lo habían hecho, y Ahn se unió al trabajo. Con sus nuevos conocimientos ella, pudo ayudar a construir mejores lugares para dormir. Podía hacer nudos en las ramas, algo que nunca se le habría ocurrido hacer antes.

—Estás haciendo un trabajo maravilloso, mi pequeño Nuevo Creacion Pelo Oscuro. Qué feliz me hace saludarte.

—Una voz muy melodiosa vibró en el interior de Ahn. Ella dejó de hacer lo que estaba haciendo... estupefacta.

Esta fue otra experiencia nueva para ella. Se devanaba los sesos:

—¿De dónde viene esta voz? ¿Es la voz del ser brillante?

La voz volvió a hablar: —Espero que pronto podamos conocernos. Tengo tanto que mostrarte.

Ahn se sintió aliviada; habló en voz alta: —¿Quién eres? ¿Estás aquí? ¿Dónde estás?

Pero no obtuvo respuesta. Aunque las palabras habían vibrado en su interior, sintió que procedían de algún lugar muy lejano. Sin embargo, se alegró de aquella voz: alguien, en algún lugar, estaba velando por ella. Esperaba que la voz volviera y le dijera mucho más.

La llamó «la Voz Melodiosa».

LA INSTRUCCIÓN

Los machos Cee Persh habían hecho un nido para la hembra misteriosamente transformada. Instintivamente sabían que la Pelo Oscuro había cambiado por completo, que era algo diferente. Sentían una nueva fuerza en su presencia. Cuando estuvo terminado su nido, Ahn, que se sentía completamente agotada, se metió dentro, se tumbó y se quedó dormida rápidamente. Durmió allí, completamente inconsciente, todo ese día y hasta el siguiente. Cuando despertó, lo primero que percibió fue el perfume de la selva y el alegre canto de los pájaros.

Se echó hacia atrás, acariciándose el vello del cuerpo. Luego se incorporó para mirarse. Miró su parte delantera y pensó: «Me encantan mis pechos y mi vientre, tan suaves y cálidos, y el vello tan liso sobre mi piel». No podía ver su cara, pero también la sentía suave y cálida al tacto. Pensó —: «Oh, qué hermosa soy, y mira, estoy rodeada de tantos colores, tonos verdes y marrones. Y los árboles me rodean en todas direcciones y desaparecen en la oscuridad». Vio que en lo alto había manchas azules.

Su imaginación daba vueltas a su alrededor cuando fue interrumpida por la Voz Melodiosa, —Mi pequeño Nuevo Creacion... dijo es—, debes unirte con el macho que está sobre ti en la rama grande. Debes aparearte sólo con ese Pelo Ligero, ningún otro . Te he dado el conocimiento de lo que debes hacer...

Ahn levantó la vista y vio a un joven macho de Cee Persh posado en una rama grande por encima de ella. Su silueta se recortaba contra la luz temprana, y ella pensó: «Está muy guapo contra el cielo. Tiene el pelo muy claro, pero me pregunto si podré hacerlo. Aún soy joven y acabo de llegar a la edad adulta. ¿Estoy preparada? Pero la Voz Melodiosa dice que debo hacerlo... ¡así que allá voy! Siento que confío plenamente en la Voz Melodiosa. Estoy pensando en la palabra de ayuda de los Pelo Ligeros, que es "Grruu", así que le llamaré "Croh"».

Sabía lo que tenía que hacer y giró hacia él. Ahn se había dado cuenta de que los Persh eran muy tímidos a su alrededor. Se preguntó ella cómo respondería Croh a sus indicaciones. Ella gruñó —Graak... graak... —en idioma persh y señaló hacia abajo, donde había estado durmiendo.

Cuando Anh llegó al lecho de hojas, se tumbó e hizo una señal con la mano para que Croh se tumbara a su lado. Croh respondió y bajó hasta nido ella.. Su cuerpo se estremeció de aprensión cuando el joven macho Persh la tocó por primera vez. Pero pronto los cuerpos de la mujer Nueva Creación y el hombre Cee Persh se fusionaron en un abrazo íntimo.

Anh era feliz y estaba segura de que la Voz Melodiosa estaría satisfecha con su apareamiento. Mientras Ahn y Croh estaban tumbados alla, unos rayos de sol caían desde lo alto. El canto de los pájaros resonaba en la selva y los insectos zumbaban por todas partes. Eran compañeros en una nueva y misteriosa relación. Tres de las hembras Persh se agazaparon cerca de la pareja. Lo habían observado todo. Cuando Ahn se fijó en ellas, se divirtió ella y sonrió para sus adentros. Las llamó «Itsi», «Bitsi» y «Citsi». Fueron testigos del comienzo de la relación entre Ahn y el Persh macho.

30

LA CARA BLANCA

AHN SIEMPRE ENSEÑABA a los vigilantes dónde tenían que vigilar de día y de noche. Esto le ayudaba a sentirse segura. A veces, por la noche, mientras estaba tumbada en su nido, dejaba que su mente recordara la figura blanca que brillaba en la burbuja. Una noche, mientras estaba tumbada en su nido, vio una cosa blanca que se asomaba entre las frondosas copas de los árboles.

«¿Por qué es eso?» pensó ella. «¿Por qué es blanco?».

Se levantó y se balanceó hacia las copas de los árboles. Cuando encontró una rama a la que agarrarse, miró a través de las hojas. Había una cosa blanca en la oscuridad, entre los muchos puntos de luz. Ahn vio que era redonda y que tenía cara.

Miró la cara durante un largo rato y empezó a hablar:
—Oh, cara blanca, pareces tan lejana. ¿Alguna vez te acercas? ¿Por qué nunca vienes a la jungla? Ahn estaba contenta de poder emitir nuevos sonidos y darles un significado. Se alegró de tener a un nuevo amigo, pero sus pala-

bras no parecieron conmover al rostro. No hubo respuesta, sólo un silencio roto por los débiles gritos de un animal lejano.

Ahn se quedó mirando mientras decía el nombre, —Cara Blanca —y luego—, qué maravillosa eres. Me siento tan atraído por ti.

Incluso cantó una pequeña canción, pero aun así, no hubo respuesta. Ella pensó: «Me pregunto si Cara Blanca es de donde viene la Voz Melodiosa».

Mientras Ahn observaba, Cara Blanca se movía entre los puntos de luz en la negrura. Empezó a descender y finalmente se dejó caer entre las copas de los árboles lejanos. Cuando desapareció, ella pensó: «¿Es ahí donde descansa Cara Blanca? ¿Es ahí donde tiene su nido?». Cuando desapareció Cara Blanca, Ahn bajó rama por rama hasta su nido ella y se sumió en un sueño agitado. Muchas noches, Ahn se columpiaba en las copas de los árboles para hablar con su Cara Blanca. Cambiaba de forma y a veces no aparecía, pero Ahn siempre hablaba con él.

—Oh, Cara Blanca —decía ella—, ¿cómo te sientes? Te ves tan diferente ahora.

Nunca había respuesta, pero Ahn seguía hablando. La contaba ella todos los sucesos del día con todo lujo de detalles. Y seguía hablando hasta que Cara Blanca se sumergía en las lejanas copas de los árboles y se iba a descansar. En una de estas visitas, Ahn pensó: «Debo encontrar el nido de Cara Blanca... para averiguar dónde va a dormir. Significará dejar esta jungla e ir a donde vive Cara Blanca. No puedo ir solo. Los Pelo Ligeros tendrán que venir conmigo. Tendremos que partir juntos».

31

LA FRUTA ROSA

UNA MAÑANA, cuando Ahn se despertó, el cielo estaba inusualmente brillante. La luz parpadeaba a través de las ramas más altas. No goteaba agua. Había terminado la estación de lluvias. Los Cee Persh ya habían construido nuevos nidos y plataformas en las copas de los árboles. Pero Ahn estaba inquieta. A veces se preguntaba qué había sido de los seres de la burbuja. Pensaba que nunca volvería a verlos. Sabía que había llegado el momento de buscar el nido de Cara Blanca. Imaginó que estaría en lo alto de unos árboles lejanos. Pensó: «Los Pelo Ligeros tendrán que venir conmigo, pero ¿cómo conseguiré que lo hagan?».

Una mañana, Anh oyó la Voz Melodiosa en su interior: «Ve al borde de la jungla. Mira para ver qué puedes encontrar...».

Anh se acercó al borde de la jungla con Croh. Ella quedó mirando los pastizales. La hilera de troncos de árboles continuaba a lo lejos por un lado y el pradera se extendía hasta el pie de otro de jungla más allá. Aquella jungla cubría por completo unas colinas bajas. Más allá de esas colinas había una lejana montaña de cima blanca que llegaba hasta el cielo. Ahn pensó: «Esa montaña de cima blanca debe de estar en la misma dirección que el nido de Cara Blanca». Entonces observó cerca de ella, justo más allá de la jungla, lo que parecían arbustos de frutas rosas. Ahn sabía que el grupo no comería nada que no fuera verde, marrón o rojo. Pero pensó que estas frutas rosas podrían gustarles como golosina.

«Ve a comer, pequeña...». La Voz Melodiosa era insistente.

Cuando Ahn recogió una fruta y utilizó un palo para romper la cáscara, descubrió que en su interior había una suculenta fruta dulce. Pensó: «Las utilizaré como golosinas para atraer a los Pelo Ligero». Recogió un puñado de frutas, las sacó de sus cáscaras y utilizó una bandeja de corteza de árbol para recoger varias. No habría suficientes para todo el grupo, así que sólo las probaría con los machos.

Ahn llevó las frutas rosas a las copas de los árboles, a una perca donde había algunos machos mayores. Repartió algunas de las frutas rosas y vio que les parecían sabrosas. Cuando Ahn volvió al suelo, gritó —Eh...eh...eh... —en Persh. Todos los machos se reunieron a su alrededor y ella señaló el lugar donde crecían las frutas rosas. Agitó un brazo y la siguieron hacia los pastizales.

Antes de presentar las frutas rosas al grupo, Ahn sabía que los machos tendrían que encontrar la forma de protegerse a sí mismos, y a todo el grupo, cuando salieran de la seguridad de la jungla. Eran vulnerables a todo tipo de peligros, entre ellos animales más fuertes que ellos. Ahora era el momento de entrenarlos para que hicieran lo que ella les ordenara.

Ahn hizo que el grupo se sentara a su alrededor y comenzó su lección. Eligió a uno de los jóven Persh más fuertes y le indicó que pasara al frente. Ya había recogido una gran pila de fruta rosa y había abierto las duras cáscaras con un palo.. Este montón estaba a su lado cuando empezó su siguiente movimiento. Levantó el brazo derecho por encima de la cabeza e indicó al joven que la imitara.

—Orgh... orgh... orgh... —dijo ella, pero se encontró con una mirada perdida.

Ella volvió a levantar el brazo y no obtuvo respuesta. Ahn había intentado el movimiento varias veces antes de que el joven levantara el brazo. Anh se adelantó, le dio una palmadita en la mejilla y le metió una fruta rosa en la boca. El joven Persh se quedó quieto un momento y luego, como si se hubiera transformado, lanzó un grito. Levantó los brazos y bailó en círculo.

—Aaagh... aaagh... —gritó alegremente.

Ahn realizó el mismo ejercicio con cada uno de los machos hasta que todos aprendieron a levantar un brazo en respuesta a ella. Cada uno recibía una fruta rosa como recompensa. Este entrenamiento de obediencia sería esencial para que los machos aprendieran a obedecer instrucciones. Aprenderían habilidades que les ayudarían a defender a su grupo mientras zigzagueaba por los pastizales de camino al nido de Cara Blanca. Olvidarían su nostalgia por las hojas de su jungla. En su lugar, confiarían en Anh para que les mostrara qué alimentos comer en su viaje.

Anh sabía que había tenido éxito. Tenía una nueva confianza y serenidad en su plan. «Maravilloso, maravilloso» pensó. Con su habilidad para descascarar la fruta, ahora podía hacer que los Persh abandonaran su hogar en la selva y la siguieran en su búsqueda. Toda la banda estaría con los machos cuando todos se unieran a ella. Sabrían que iban a un lugar mejor. Seguirían a su líder a donde ella los llevara.

32

AUTODEFENSA

ALAMANECER SIGUIENTE, a Ahn se le unieron Croh, los machos adultos y toda la banda de Cee Persh, hasta el más pequeño. Se reunieron fuera del borde de la jungla. Ahn los dispuso en tres filas para la marcha. Los machos adultos se reunieron en dos líneas paralelas. Entre estas líneas había una línea de las hembras y los jóvenes. Tendrían cierta protección. Los machos no iban armados, así que era muy importante que la columna se mantuviera cerca del borde de la jungla. En caso de peligro podrían huir a la seguridad de los árboles. Estaban comenzando el primer paso del viaje para encontrar el nido de Cara Blanca.

Como los Persh estaban acostumbrados a comer gran parte del tiempo, Ahn se aseguró de que el grupo llevara hojas frescas que pudieran mordisquear por el camino. Ella misma llevaba una bandeja de corteza de frutas rosas con un propósito especial.

Justo antes de partir, Ahn echó un último vistazo sobre los pastizales. Vio ella una bola translúcida flotando en la distancia. Permaneció allí unos instantes antes de desvanecerse. Ahn no se distrajo y dio la orden de partir: —Grau... grau...

La columna avanzó penosamente por el pastizales, bordeando la jungla, fiel al sueño de su líder. Llegaron a una pendiente descendente y se abrieron paso entre arbustos que les llegaban hasta la cintura. Ahn divisó algunos mamuts a lo lejos, aunque no sabía lo que eran. Pasaron junto a una manada de gacelas que se asustaron y echaron a correr.

Cuando llegaron al pie de una colina, Anh vio que se había derrumbado parte de ella, dejando al descubierto una zona de piedras sueltas. Se acercó a las piedras ella y se agachó para recoger una muestra. Las piedras eran afiladas y planas y servirían como arma de defensa. Anh llamó a los machos adultos a su alrededor y señaló las piedras. Recogió una piedra más grande que su puño. Indicó al grupo que hiciera lo mismo. Tras varios intentos, los machos comprendieron y empezaron a recoger piedras. Ahn se acercó a cada macho adulto con una piedra para recompensarle con una fruta rosa. Pronto cada uno llevaba una piedra plana y afilada. Ahora estaban equipados para protegerse.

—Ahora debemos prepararnos... —Ella se detuvo cuando se dio cuenta de que esto no estaba en persh. Así que ella dijo: —Grrh... gronk...

La banda reanudó sus filas; se dirigían para el nido de la Cara Blanca. Ahn encontraría la manera de que la banda pudiera protegerse mas.

DÓNDE APUNTAR

Antes de que el sol alcanzara su cenit, llegaron a una nueva parte de la jungla. Parecía un lugar donde podrían refugiarse. —Grraan... ¡quédense aquí! —Anh levantó los brazos ella para que la banda se detuviera antes de adentrarse en la jungla con dos jóvenes varones.

Cuando se consideró que todo era seguro, entró todo el grupo. Anh se fijó en que, en una esquina, había árboles jóvenes, que eran esbeltos, rectos y altos. Sabía que cada macho debía tener su propio polo largo para defenderse. Ahn agarró el arbol más cercano. «Esto sería perfecto» pensó ella, y se detuvo un momento para reflexionar un poco. Luego, aferrando con fuerza su piedra, comenzó a cortar en la parte inferior del arbolito. Uno de los machos mayores comprendió lo que estaba haciendo y empezó a imitarla con otro tronco joven. Los machos estaban sentados hombro con hombro entre los árboles. Miraban fijamente a Anh. Gruñeron, —Grrh... grrh —en agradecimiento a lo que veían.

Pronto dos esbeltos arbolitos habían sido cortados y yacían en el suelo. Anh se levantó y miró ella obra. Estiró los brazos en señal de autoaprobación y exclamó: —Aaaaah... qué bonito es esto.

Luego cortó ramas de la parte superior hasta que tuvo un polo largo y recto. Esta vara era más del doble de larga que la altura de un macho. Un par de machos mayores ya habían empezado a cortar las ramas, copiando lo que Anh había hecho. Había otros machos que comprendieron lo que estaba ocurriendo y empezaron a buscar sus propios árboles. Al anochecer se habían formado varios de los largos y esbeltos polos.

A la mañana siguiente, la actividad comenzó de nuevo con la fabricación de más postes. A continuación se les enseñó a utilizarlos para protegerse de los animales peligrosos. Los machos se colocaron en círculo y se miraron con sorpresa. Cada uno iba armado con una piedra cortante y una pértiga de defensa. Estaban listos para la acción.

Empezando por los pequeños animales que correteaban por el suelo de la jungla o subían y bajaban por los troncos de los árboles, Anh enseñó a los machos a utilizar sus nuevas herramientas de defensa. Se inspiró para el entrenamiento tanto al ser instruida por la Voz Melodiosa como a través de su propia sabiduría y perspicacia. Los machos aprendieron a buscar las partes sensibles de los animales y a pincharlos hasta que se sintieran tan incómodos que retrocedieran y corrieran en busca de refugio. Aprendieron a irritar a un animal atacante en los ojos, la nariz y las orejas. Éstas suelen ser las partes sensibles y más vulnerables para ser pinchadas con el extremo de un palo. También aprendieron la importancia de la precisión. Estas habilidades no tardarían en ser vitales para proteger al grupo. Anh miró a los machos Persh mientras permanecían de pie a su alrededor y ante ella. Estaban bajo su protección, y ella estaba bajo su protección. Sintió que la calma ella y una sensación de logro.

El grupo se refugió allí, en lo alto de la jungla. Ahn eligió vigilantes para vigilar durante la oscuridad. Al amanecer siguiente, tras un rato de ensoñación, Ahn sintió que era hora de ponerse en marcha de nuevo. Ella balanceó abajo al suelo de la jungla y llamó a los Persh a la acción. Se acercó a los machos mayores y señaló hacia dónde irían:
—Eh... eh... eh... utilizando los sonidos de Persh para «allá». Cuando lo entendieron, la banda formó en su columna de tres filas y se puso en marcha.

34

EL DESFILADERO

A MEDIDA que el grupo continuó su viaje, llegaron a un profundo desfiladero. Las filas se detuvo seco en sus huellas . Ahn, Croh y dos machos jóvenes se acercaron al borde del desfiladero y miraron hacia abajo. En el fondo había un arroyo que fluía entre dos escarpados acantilados rocosos. Tendrían que cruzar el desfiladero para llegar a la jungla del otro lado. Era el único camino. Esto significaba bajar por un lado del desfiladero y subir por el otro. Ahn hizo que los machos jóvenes escalaran hasta el arroyo. Cuando llegaron, gritaron a Ahn: —Graah... graah... —Esto significaba que todo estaba bien y que era seguro.

Mientras los dos machos jóvenes permanecieron, los Persh descendieron por el primer acantilado. Los jóvenes y los débiles fueron ayudados a descender. Cuando todo el grupo había cruzado el arroyo, llegó el momento de escalar el acantilado opuesto. Ahn envió primero a los dos machos jóvenes a la cima para mostrarles cómo se podía escalar. Luego, el resto del grupo comenzó a escalar. Cuando algunos pequeños, que estaban siendo ayudados por las hembras, estaban a la mitad de camino, hubo una erupción de chillidos por encima. Una bandada de halcones gigantes se precipitaron por el desfiladero. Agitando las alas y emitiendo fuertes graznidos, se lanzaron en picado, con las garras por delante, a por los pequeños cuerpos.

Con una mano agarrada al acantilado rocoso y la otra a una pértiga de defensa, los machos ya subidos al acantilado pinchaban a los pájaros con sus pértigas de defensa. Las pértigas golpeaban al ave bajo el ala o en el pico. Como resultado, los halcones no consiguieron atrapar a ninguna de sus presas. Graznando fuertemente, uno a uno, renunciaron al ataque y se fueron volando. Todo el grupo pudo continuar su ascenso y llegar sano y salvo a la cima del acantilado.

Una densa jungla aguardaba en lo alto del acantilado. Tras una apresurada comprobación para asegurarse de que era seguro, el grupo desapareció en la penumbra. Ahn decidió que era la hora de descansar del viaje. Los machos empezaron a construir nidos para hacer cómoda su estancia, por mucho que durara su descanso. Aquella primera noche, Ahn trepó a las ramas más altas de un árbol y miró al cielo para encontrarse con Cara Blanca. Esta noche, la cara era completamente redonda.

—Oh, Cara Blanca, qué feliz estoy de volver a hablar contigo. Parece que ha pasado tanto tiempo desde la última vez que hablé contigo. —Desahogó ella su corazón ante Cara Blanca antes de bajar a un nido para dormir profundamente.

EL ATAQUE DE UN GORILA

Cuando Ahn decidió que la banda Cee Persh estaba descansada y fresca, anunció ella: —¡Gra... gra... gra! —La banda bajó de su hogar temporal y se reunió en las tres filas, más allá de los árboles. Justo cuando el sol empezaba a subir hacia el cielo, dejaron atrás el peligroso desfiladero. Ahn había oteado hasta el horizonte para asegurarse de que estarían a salvo. Las filas reanudó la marcha. El aire estaba quieto cuando empezaron. Los únicos sonidos eran el zumbido de los insectos, el canto de los pájaros lejanos y el ruido de los pies sobre la hierba.

Más tarde, cuando la columna pasó por una zona de matorrales, se oyeron fuertes chillidos procedentes de los árboles cercanos. Con un crujido de arbustos y el romper de ramas, apareció un gorila gigante. Ahn no podía haberlo previsto. El animal salió de la jungla agitando los brazos con agresividad y se dirigió directamente hacia el grupo. Detrás de este primer gorila surgieron otros animales de aspecto feroz, todos chillando salvajemente. La primera línea de machos bajaron inmediatamente sus polos de defensa y se mantuvieron firmes. Cuando el primer gorila llegó a la línea, las afiladas pértigas se clavaron una y otra vez en sus ojos y nariz. El animal giró dolorido y se detuvo en seco. Gimoteó muy alto y se frotó los ojos:—¡Naaaa... naaa...!

Se balanceó de un lado a otro mientras retrocedía a trompicones hacia los arbustos. Los otros gorilas recibieron el mismo trato. Gritaron y se frotaron la cara y, tras revolcarse en la hierba, retrocedieron hacia los arbustos. Las hembras Persh se había colocado detrás de la segunda fila de machos, pero dos gorilas se habían colado entre los polos y se acercaron sigilosamente a la fila de hembras.

El primero atacó a una hembra que defendía a su cría. La agarró con sus mandíbulas y la tiró al suelo. Los dientes del gorila siguieron mordiendo sus brazos y piernas. Una hembra mayor se enfrentó a la otra gorila. El gorila la golpeó en la cara con sus garras y luego en el pecho y los hombros. Luego el atacó a las dos hembras jóvenes que estaba defendiendo. Los machos Persh habían sido pillados por sorpresa, pero entonces se abalanzaron ferozmente sobre los dos gorilas. Con sus piedras cortantes acuchillaron a los animales con todas sus fuerzas. Apuntaron a brazos y rodillas y clavaron palos en ojos y orejas. Los gorilas no aguantaron la embestida. Aullaron, se frotaron los ojos y se alejaron dando tumbos, desapareciendo en la distancia.

Ahora, yacían heridos en el suelo dos hembras Persh adultas y algunos machos y hembras jóvenes. Las jóven gritaron: —Yahh... yahh...

Anh corrió hacia el adulto más malherido. La hembra

había sido acuchillada por las garras del gorila y la sangre manaba de varias heridas. Anh agarró a dos machos armados por los brazos y corrió hacia el arbusto más cercano. Arrancó un puñado de las hojas más grandes y volvió a colocar las hojas sobre las heridas, deteniendo el flujo de sangre. Las hembras mayores vieron lo que hacía Ahn y corrieron a recoger hojas para las heridas igual que ella. Cuando todas las heridas y cortes habían sido tratados con hojas, Anh se dio cuenta de que había que llevar a los heridos a un lugar seguro. Eligió a algunos de los machos más fuertes para cargar ellos. Una vez que subieron a los heridos a la espalda y acunaron a los más jóvenes en brazos, reformaron de columnas como pudieron.

Algunos machos estaban preparados con sus armas por si los gorilas reanudaban el ataque. Cuando parecía que los gorilas no volverían, Ahn dio la orden de reanudar la marcha. El grupo se puso en marcha para escapar de los gorilas y encontrar un lugar seguro donde refugiarse.

El grupo marchó hasta que el sol estuvo bajo en el cielo. Ahn decidió comprobar la seguridad de la jungla cercana. Ella llevó a Croh y a otros dos machos para explorar. Cuando no hubo señales de gorilas u otros peligros, el grupo se adentró en la jungla y subió a los árboles. Los heridos fueron transportados o ayudados a trepar. Ahn dirigió a los machos mientras construían nidos de hojas para los heridos. Estos necesitarían descansar para curarse y recuperarse. Quería que los heridos se instalaran antes de que la luz se desvaneciera. Antes de la oscuridad total, cada Persh tenía un lugar para dormir. Ahn escogió a cuatro machos jóvenes y los llevó a una percha para que hubiera un guardia en cada una de las cuatro esquinas. Ellos aseguraría de que los heridos no fueran molestados.

36

EL PRIMOGÉNITO

Las copas de los árboles donde habían elegido descansar a los heridos permanecían a salvo de los gorilas u otros peligros. Los heridos podrían descansar y recuperarse lentamente. Mientras Ahn les ayudaba, se dio cuenta de que la hinchazón de su vientre era un bebé. Sabía que pronto daría a luz. Cuando se había apareado por primera vez con Croh, un grupo de hembras Persh había estado mirando atentamente a la pareja. Ahn las había llamado Itsi, Bitsi y Citsi. Estas tres sintieron ahora que era el momento de preparar el nido de Ahn. Recogieron hojas frescas y algunas bayas especialmente suculentas para que ella las mordisqueara. El parto de Ahn fue suave y rápido, y cuando Itsi había mordido el cordón umbilical del bebé, levantaron al pequeño en brazos de su madre.

Itsi, Bitsi y Citsi se sentaron alrededor emitiendo sonidos de aprobación, dando la bienvenida al nuevo miembro: —Gruu... gruu... —y— grau... grau...

. . .

Ahn empezó a amamantar al recién nacido en su pecho cubierto de pelo. El bebé era una hembra y tenía el mismo color de pelo que su madre del Nuevo Creacion. Ahn la llamó Ahah. Ésta fue la primera hija de la unión entre Ahn, la mujer Nuevo Creacion Pelo Oscuro, y Croh, el varón Cee Persh puro.

La Voz Melodiosa habló en su interior: «Felicidades, mi pequeña. Qué maravilloso es el pequeño Nuevo Creacion... cuánto ella parece a su madre...».

Ahn estaba encantada con su primer bebé; amamantar al recién nacido se adueñó de su vida durante un tiempo, proporcionándole una gran satisfacción.

El aire de la noche empezó a refrescar y una ligera lluvia cayó sobre la jungla. Al amanecer, cayó un fuerte aguacero. La estación de las lluvias había comenzado en serio. El agua empezó a gotear de la cúpula de hojas de arriba. Ahn hizo trasladar a los heridos a los lugares más protegidos, aunque la sensación del agua goteando probablemente les resultaba calmante a las extremidades en proceso de curación. Las lluvias torrenciales iban y venían por encima del dosel de la jungla, y el aire se saturaba de humedad. La banda de Persh se abrigaba lo mejor que podía. El vello de sus cuerpos hacía que el agua que goteaba se escurriera y no mojara su piel. Pero seguían prefiriendo los lugares donde no cayeran gotas de agua. Si un adulto se mojaba mucho, se sacudía el agua del cuerpo y las gotas volaban en todas direcciones. A un pequeño Persh esto podría parecerle divertido, pero para los adultos formaba parte de la vida en la estación lluviosa.

Un día llovía mucho mientras Ahn amamantaba a

Ahah. La interrumpió la Voz Melodiosa: —Es hora de volver a aparearse con Croh... Ese momento ha llegado...

Cuando estaba lista Ahn, puso a su pequeño Pelo Oscuro al cuidado de las tres hembras Persh y condujo a Croh a su nido. Una vez completado el apareamiento, Ahn miró hacia arriba, a los trozos de cielo gris que se asomaban entre las hojas, y pensó: «Me pregunto qué pensará Cara Blanca cuando vea a mi niña pelinegra. Seguro que el alegrará».

37

VIAJE INTERRUMPIDO

Había terminado la estación de lluvias, y hacía tiempo que se habían curado los heridos. Ahn pensó que había llegado el momento de reanudar el viaje hacia el nido de Cara Blanca. Un día el amanecer la despertó y supo que ése era el día. «Tendré que asegurarme de que estamos totalmente preparados», pensó. Se levantó y agarró una rama, se puso a Ahah bajo el brazo y bajó hasta un claro entre los árboles.

Llamó en voz alta a toda la banda de los Cee Persh para que se unieran a ella: —Graak... graak... Graak... graak...

Todos se reunieron con ella en el claro. Un grupo de hembras recogía frutas secas y frutas en bandejas de corteza para que hubiera comida suficiente para el viaje. Los machos adultos sostenían sus polos de defensa y piedras para cortar. Todo estaba listo. Salieron a los pastizales y se reunieron en el formación de tres filas. Cuando se pusieron en marcha, Itsi, Bitsi y Citsi cuidaron de Ahah, Ahn y Croh caminaban cerca del frente.

El grupo estaba bordeando la jungla cuando Itsi, Bitsi y Citsi avanzaron hasta caminar junto a Ahn. Sabían lo que estaba ocurriendo en el interior de su líder. Ahn se dio cuenta de que estaba a punto de dar a luz. No esperaba dar a luz al aire libre, en los pastizales, sin cobertura. Mientras avanzaban, miraba hacia delante para ver si había una brecha en la densa maleza. Los árboles podrían no estar tan juntos y podría haber un claro en el interior.

Cuando vio un espacio abierto, gritó ella: —Grek... grek... paren. — Acompañó a Croh y a un macho mayor mientras avanzaban por la maleza y se adentraban en la penumbra. Encontraron un claro entre una masa de raíces y ramas y volvieron al grupo.

Ahn hizo una señal a algunos machos; señaló ella los árboles y gritó: —Grraa... grraa —que significaba «peligro». Hizo señas al grupo para que atravesara la maleza hacia el interior. Luego, cuando sabía que estarían bien adentro, gritó—: Grek... grek —para que se detuvieran.

Alla sobre los pastizales, Ahn colocó a otros machos en un semicírculo, rodeando a las hembras. Entonces Bitsi y Citsi se unieron a ella mientras se internaba entre la maleza. Los machos armados ya esperaban allí como vigilantes. Las dos hembras recogieron hojas y juncos para hacer una cama.

Cuando todo estaba listo, Ahn se acostó y dio a luz a un macho Nuevo Creacion Pelo Oscuro al que llamaría Clint. Tras descansar un rato, se levantó, amamantó a Clint y se reunió con Croh sobre los pastizales. Cuando se había reunido el grupo, partieron, aún a plena luz del sol, en busca del nido de Cara Blanca.

38

UN NUEVO SONIDO

Tras el nacimiento de Clint, mientras avanzaba la columna, empezaron a oír un estruendo. El estruendo se hizo más fuerte cuando doblaron una esquina en el borde de la jungla. Ahn vio que se acercaban a una enorme roca. A medida que se acercaban, vio que una cascada se hinchaba en la cima. Pensó ella para sí: «El estruendo viene de esa cascada». Pudo ver nubes ondulantes de rocío blanco suspendidas en el aire.

La columna se ralentizó a medida que se acercaba a la roca, y Ahn dio la orden de detenerse. «No hay forma de avanzar» pensó para sí de nuevo. «Nos refugiaremos aquí».

Cuando se habían asegurado de que estaba seguro entran en la jungla, Ahn gritó: —Grau... grau... vamos.

La columna giró como una sola y se fundió a través de la maleza hacia el sombrío interior. Más tarde, Ahn salió con Croh y un grupo de machos jóvenes. Cuando salieron más allá de los árboles, Ahn escudriñó el pastizale de hierba y miró la roca. Ella maravilló de su altura.

«¿No es maravilloso?» la Voz Melodiosa resonó en Ahn.

Se quedó desconcertada un momento, pero luego dijo en voz alta: —Por cierto es muy extraño, oh Voz.

Entonces pensó: «La Voz Melodiosa conoce mis sentimientos. Puede verlos en mi mente». Dijo en voz alta: —Oh, Voz, conoces exactamente mis sentimientos. Estoy tan contenta de tenerte como amiga, pero ¿qué está pasando?

La Voz respondió: «Es porque me eres muy especial. Habrá problemas, pero los resolveremos y llegaremos a conocernos...».

Ahn pensó: «¿Pero conoce la Voz los obstáculos a los que me enfrento? La cascada brillante y la niebla ondulante son bonitas, pero debemos rodear la roca. ¿Cuándo podré llegar al nido de Cara Blanca?». Con estas preguntas en la cabeza, condujo a los jóvenes machos a través del pastizale en busca de peligros.

Toda la zona resonaba con el estruendo de la cascada. A medida que se acercaba el grupo, el suelo estaba mojado. Ahn vio que, al chocar el agua contra las rocas, saltaban al aire chorros de agua pulverizada. Gotas frías se formaron en sus cuerpos peludos. Era una sensación nueva y extraña. Cuando el grupo se acercó a la cascada, Ahn miró a lo largo de la cara de la roca. Ella dio cuenta de que continuaba hasta donde alcanzaba la vista.

Dijo la palabra «acantilado» ella y vio que había una pista ancha entre este acantilado y la jungle.

Pensó: «Me pregunto si los animales grandes utilizarán ese camino al pasar junto a la jungle». Ahn no veía animales grandes, pero escudriñó la escena y se preguntó si habría algún camino por el acantilado más alejado. Pero no pudo ver ninguna escapatoria.

Ahn condujo entonces al grupo a las orillas del río que fluía desde la base de la cascada. Podía ver peces bajo las olas y, en el cielo, bandadas de pájaros. Justo entonces, un macho joven gruñó:

—Grraa... grraa...

Esto significaba peligro, y Ahn se giró. Trotando por el sendero entre la selva y el acantilado había un grupo de cuadrúpedos con cuernos. Se dirigían directamente hacia el grupo.

—Graak, graak —gritó Ahn y dirigió al grupo mientras corrían de vuelta a la jungla.

Ahn se subió a las copas de los árboles y encontró un lugar desde el que podía mirar hacia el río. Ella vio que habían huido de una manada de gacelas.que había venido a beber al río. Ahn se sintió aliviada de que aquellos animales nunca fueran peligrosos. Ya se habían construido nidos y una cubierta. Ahn se aseguró de que hubiera vigilantes antes de reunirse con Itsi, Bitsi y Citsi. Estas tres habían estado cuidando de Ahah y Clint. El corazón de Ahn se había hundido al ver el imponente acantilado. Pero ahora pensó: «Estaré cuidando de Clint y apareándome con Croh. Este es un buen momento para parar y descansar. Cuando encontremos una forma de ir más allá del acantilado continuaremos con nuestro viaje». Antes de que la luz del día se hubiera desvanecido por completo, la banda del Cee Persh y los tres Nuevos Creacions Pelo Oscuras estaban seguros en las copas de los árboles.

39

―――――

PRIMERA BÚSQUEDA DE UNA SALIDA

La estación seca había transcurrido sin mucho incidentes hasta que un amanecer, Ahn vio nubes oscuras reuniéndose sobre la cascada. Presintió ella que pronto llegarían las lluvias. Pensó que habría tiempo suficiente para encontrar una manera sobre de el acantilado. Reunió a todos los machos Cee Persh, excepto a los que hacían de vigilantes, y los llamó para que salieran a zona de césped. Les pidió que recogieran sus polos de defensa y sus piedras de corte y que se agruparan en dos filas. Ella se colocó en el centro con Croh a su lado. Ahn ya había reunido una cesta de corteza con bayas y nueces como alimento de emergencia. El grupo se puso en marcha cuando aún estaba amaneciendo y, al llegar a la cascada, giró para seguir la pared del acantilado. Caminaron en paralelo a la densa maleza que crecía en su base. La maleza les serviría de refugio en caso de ataque.

Cuando habían caminado un trecho, Ahn se fijó en un desfiladero. Se abría en la pared del acantilado. Al llegar al desfiladero ella, vio que empezaba en la base del acantilado y ascendía en pendiente hacia la distancia. Ahn hizo señas a dos de los Persh jóvenes más en forma para que subieran por el desfiladero. Cuando éstos se habían zambullido entre la maleza, emergieron más allá. Treparon mano a mano por la ladera rocosa. Ahn vio que se enfrentaban a piedras que se desmoronaban bajo ellos a medida que subían. El desfiladero parecía muy inestable, pero los Persh siguieron subiendo.

Ahn envió a otros dos jóvenes machos a unirse a los otros. Ahora eran cuatro que seguían trepando. De vez en cuando, un trozo de roca se desprendía y caía hacia la maleza. A pesar de ello, continuaron. De repente, una roca colosal empezó a moverse por encima de ellos. La roca cayó y se precipitó hacia los escaladores. Pasó a los tres que estaban más altos, pero golpeó en la cara al que estaba más bajo. Ahn había gritado una advertencia, pero no sirvió de nada. El trío retrocedió por el desfiladero hasta donde yacía su compañero de escalada. Estaba completamente inmóvil, así que lo levantaron y lo llevaron al fondo. Cuando los escaladores emergieron entre la maleza, depositaron al Persh joven herido a los pies de Ahn. Ella se arrodilló junto al cuerpo y buscó señales de vida. Parte del cráneo se había hundido. No había señales de vida. Estaba muerto el escalador.

Los Cee Persh tenían un compañerismo natural entre sí, especialmente los machos de edad similar. Hacían todo juntos, en parejas o en grupos. Esto era para apoyarse y protegerse mutuamente. Sin embargo, cuando uno moría, en cuanto se daba cuenta de que la vida ellos había ido, el recuerdo de su compañero quedaba olvidado. Era como si nunca hubiera existido; otro macho ocuparía ese lugar.

Ahn sabía que los machos abandonarían el cadáver allí donde yacía. Sin embargo, sentía respeto ella por un miembro de la familia de sus antepasados. Ordenó a los machos jóvenes que levantaran el cadáver y lo llevaran con ellos. Cuatro de ellos entregaron sus palos y piedras a los demás, y éstos llevaron el cadáver de vuelta al zona de hierba cercano a la cascada y lo depositaron en el suelo.

Ahn llamó a todos los Persh para que formaran un círculo alrededor del cadáver y, cuando se habían reunido, ella colocó junto a él y canturreó las palabras Cee Persh para la angustia: —Griiiieh... griiiieh... griiiieh...

Se hizo un largo silencio. Luego levantaron el cuerpo y lo llevaron a la orilla del río. Allí lo llevaron a una franja arenosa donde lo bajaron a la superficie del agua. La rápida corriente se llevó el cuerpo. El grupo regresó a la selva.

La experiencia de la muerte del joven Persh conmocionó a Ahn. Se trataba de un miembro de la familia de ella antepasados. Entonces pensó con tristeza: «Encontrar el camino al nido de Cara Blanca no fue posible esta vez. Pero lo intentaremos de nuevo». Pasó mucho tiempo antes de que Ahn volviera a buscar un camino mas alla acantilado.

Se acercaba el final de la estación lluviosa cuando Itsi, Bitsi y Citsi ayudaron a Ahn con ella segunda hija. Hubo ligeros dolores de parto, pero el nacimiento fue tranquilo. Ahn llamó a su pequeña Alina. Alina era un Nuevo Creacion Pelo Oscuro, como su madre.

La Voz Melodiosa habló en su interior: «Felicidades por la llegada de la pequeña. El pequeño Nuevo Creacion Pelo Oscuro se parece mucho a su madre!».

Mientras amamantaba a Alina, respondió en voz alta: —Oh gracias, oh Voz, espero que te haga feliz ella.

Continuó la Voz Melodiosa: —Te esperaré, no importa el tiempo que tarde...

Ahn pensó entonces: «Espero que Cara Blanca también se alegre cuando vea a Alina». Mientras se acostumbraba a amamantar al recién nacido, Ahn soñaba con el día en que pudieran dejar atrás el acantilado y la cascada.

40

EXPLORANDO EL RÍO

AHN SE HABÍA DADO cuenta de que algunos de los machos Cee Persh más jóvenes miraban con nostalgia hacia el río y parecían querer explorarlo. Un día, temprano, dio de comer ella a sus pequeños y se aseguró de que Alina estuviera a salvo al cuidado de Itsi, Bitsi y Citsi. Entonces, reunió a los machos jóvenes más inquietos y les hizo recoger sus pértigas de defensa y piedras para cortar. Todos partieron hacia el río acompañados por Croh. Llegaron a las orillas del río a cierta distancia de la cascada. Ahn sabía que el río era caudaloso, pero también que había una franja arenosa donde era seguro bajar y caminar junto a la corriente.

Cuando llegaron a la franja arenosa, Ahn eligió a dos de los varones para que vigilaran. El resto del grupo siguió caminando. Mientras caminaban, algunos de los machos metieron las manos en el agua y la encontraron fresca.

Se oyó un sonido Persh de aprobación: —¡Shaaaa...!

El grupo siguió caminando hasta una poza apartada de la corriente principal. La corriente era más lenta que la del río. A medida que se acercaban, oyeron gemidos y quejidos. Se encontraron con un animal cuadrúpedo tumbado de lado. Una herida manaba sangre sobre la arena. Las moscas zumbaban alrededor de la herida y de los ojos del animal. El animal parecía haber intentado llegar a la orilla del río, pero se había desplomado antes de alcanzar el agua. Ahora tenía la lengua fuera y yacía allí, jadeando débilmente. Ahn vio un ojo que la miraba suplicante. No sabía que se trataba de un lobo rojo macho y que habría sido muy peligroso si hubiera podido moverse. Nuestra confiada hembra Pelo Oscuro no era consciente del peligro. Ahn se arrodilló en el borde del agua para recoger agua en su mano ahuecada. Inclinándose, roció agua sobre la lengua del animal. Cuando Ahn hubo hecho esto un par de veces, se dio cuenta de que la calabaza hueca que guardaba en su nido sería muy útil.

—Volvamos al jungla por mi calabaza —dijo en voz alta y luego—: Graak...graak... —que significa «ven» en persh.

El grupo la siguió mientras trotaban de vuelta a donde el nido de Ahn colgaba en lo alto de los árboles. Con la calabaza, regresaron al río. Ahn pudo verter abundante agua en la boca del animal, sobre su herida y sobre su cabeza y cuerpo. Después de esto, el grupo se marchó y dejó atrás a un animal muy mojado. Volvieron a la jungla a comer hojas, bayas y nueces y a acicalarse mutuamente.

La mañana siguiente, Ahn quiso comprobar si el animal herido en el río necesitaba más agua. Acompañada por Croh y un grupo de machos armados, se dirigió a la orilla del río. Llevaba su calabaza. Cuando llegaron al lugar donde había estado el animal, no había más que una gran mancha de sangre seca en la arena. Había desaparecido el animal. Ahn pensó: «Se habrá recuperado y habrá vuelto a su nido. Me pregunto qué pudo haber herido al animal. Espero que nunca nos encontremos con ese monstruo». Mientras el sol seguía subiendo, regresaron a la jungla.

41

UN ENCUENTRO CERCANO

OTRO DÍA, Ahn estaba sentada en el prado de hierba, jugando con Alina. La acompañaban las madres Persh y sus joven. La luz del sol iluminaba directamente la parte superior de las grandes cataratas. Los colores danzantes brillaban en el agua que caía en cascada. Ahn se maravilló ante el espectáculo. Nadie se dio cuenta de que una temible manada de lobos rojos rodeaba el borde de la jungla y trotaba hacia la zona cubierta de hierba frente al grupo.

Los lobos se detuvieron y se hundieron en la hierba. Primero se bajaron los dos más grandes hasta que sus cuerpos tocaron el suelo y después el grupo de lobos otros. Ahn y las madres Persh se congelaron de terror. Todas se aferraron a sus joven para protegerlas. Se sento muy quietas, esperando el ataque de los lobos. El aire estaba en un silencio sepulcral cuando el lobo más grande se levantó y caminó lentamente hacia donde estaba sentada Ahn con Alina. El lobo se tumbó frente a Ahn e inclinó la cabeza hacia el suelo. Ahn se dio cuenta de que se trataba del animal que ella había ayudado junto al río hacía varios días. Para calmar al animal y a sí misma, dijo en voz baja: —Grihh... grihh... grihh...

El lobo parpadeó y se levantó sobre sus patas. Se acercó lentamente y acercó el hocico a la pierna de Ahn. Ahn se congeló de nuevo y apretó más ella a Alina contra su costado. Después de acariciar a Ahn con el hocico, el lobo se levantó y se dio la vuelta. Se dirigió lentamente hacia la manada. Cuando llegó a la manada, volvió a su posición anterior, con la cabeza apuntando hacia Ahn. Finalmente, toda la manada de lobos se levantó como una sola y regresó por donde había venido.

Mientras Ahn y las madres Persh observaban, los lobos trotaron en la distancia y desaparecieron por la esquina de la jungla. De inmediato, las madres recogieron a sus criaturas y desaparecieron entre la maleza de la jungla. Estaban aterrorizadas. Ahn estaba atónita. No tenía ni idea ella de por qué los animales se habían comportado de una manera tan aterradora y diferente. Pensó: «¿Qué hacían esos animales? ¿Ya no nos ven como su comida?».

Durante el resto de aquella estación seca y a lo largo de las estaciones lluviosas y secas venideras, Ahn llegó a comprender qué había cambiado tanto. Cada vez que un animal grande, como una leona, se acercaba a ella o a sus jóvenes Pelos Oscuros o a cualquiera de los Pelos Ligeros, los lobos aparecían de la nada. Se mantenían lista ante la amenaza, mirándola fijamente. Si el animal amenazador no retrocedía, toda la manada de lobos gruñía y ladraba amenazadoramente. El animal amenazador giraba la cola y se alejaba hacia su guarida.

42

SALVADO POR LOBOS ROJOS

ANH SE HABÍA DADO cuenta de que cada vez caía menos agua por el roca de la cascada. Al final de la estación seca, la cascada se había convertido en un hilo de agua. Vio que ahora era posible ella cruzar el río. Islas bajas de arena salpicaban de una orilla a otra. Era hora de buscar en una nueva dirección para encontrar un camino por el acantilado. Con los primeros rayos de luz, llamó a la banda de Cee Persh para que saliera a la pradera y se preparara para la expedición.

—Graak... graak... graak —llamó.

Los machos, y algunas hembras, se filtraron desde las copas de los árboles. Cuando se había reunido el grupo, Ahn organizó una expedición en la antigua formación de columnas. Los machos armados se agruparon en dos filas; las hembras se movieron entre las filas para protegerse.

—Ahah y Clint, ustedes vendrán conmigo. Asegúrense de no perder sus faldas de hierba cuando marchemos.

Desde pequeños, Ahah y Clint siempre habían llevado

falda de hierba. Esto fue por insistencia de Ahn, que nunca había olvidado el mandato de la Voz Melodiosa.

Había dicho la Voz: «Los Pelos Oscuros Nuevos Creaciones nunca deben aparearse con ningún Persh Pelo Ligero. Sólo deben aparearse con otros Nuevos Creaciones. Siempre debe existir esa separación».

Ahn había inventado la falda de hierba como señal de que el mandato de la Voz Melodiosa siempre estaría vigente. A medida que crecían, Ahah y Clint habían aprendido a no estar nunca sin su falda de hierba, símbolo de separación.

Cuando Ahn vio que se había recordado la antigua formación en columna y que los Persh se ponían en fila, explicó ella a sus vástagos lo que estaba a punto de ocurrir:

—Ahah y Clint, esta vez esperamos encontrar una forma de saltar el acantilado. Quiero que se mantengan juntos y cerca de mí. Croh estará con nosotros. Clint, tú llevarás una pértiga de defensa y una piedra cortante. Debes estar armado para la búsqueda como le macho Pelo Ligero.

—¿Por qué tenemos que encontrar un camino por el acantilado? ¿Qué hay de malo en quedarnos aquí? —preguntó Ahah.

—Querida mía, tenemos que encontrar la forma de cruzar el acantilado. Debo encontrar el nido de Cara Blanca —continuó Ahn—. Me duele que mi viaje se haya interrumpido durante todas estas estaciones. ¿Responde eso a tu pregunta?

—Sí, mamá querida.

—De acuerdo entonces. Sigamos nuestro camino.

Cruzaron el río en formación de tres filas. El agua era poco profunda y fácil de cruzar. Luego, a grandes zancadas entre la larga hierba, pasaron junto a los densos arbustos que crecían al pie del acantilado. El acantilado se extendía en la distancia. El sol seguía subiendo hacia su cenit cuando, de repente, un grupo de cerdos ñu salió corriendo de entre la espesa maleza cercana. Unos colmillos agitados se dirigieron hacia la primera línea de los Persh.

Los Persh machos intentaron apuntar sus polos de defensa. Los ñus casi los habían alcanzado cuando, de la nada, aparecieron lobos rojos aullando y gruñendo. Saltaron sobre los lomos de los verracos que iban en cabeza. Chillidos y resoplidos horribles sonaron mientras los dientes se hundían en la carne. Los chillidos y bocinazos continuaron hasta que los jabalíes se volvieron locos y corrieron hacia la maleza.

Ahn estaba muy agradecida por los lobos. Podría haber sido una catástrofe si no hubieran llegado. Habían salvado las vidas de su hijo y su hija. Estaban a salvo.

43

UN TERRIBLE DESPRENDIMIENTO DE ROCAS

LA COLUMNA REANUDÓ la marcha y prosiguió la marcha. Ahn escudriñó el acantilado. Esperaba encontrar una salida ella antes de que el sol llegara a su punto apogeo. Entonces, justo delante, vio un abismo que cortaba el acantilado.

Ahn gritó en Persh: —Grek... grek... paren.

Se detuvo el grupo, giró y se adentró en la densa maleza. A duras penas, emergieron al pie de una abertura en la pared del acantilado. El suelo de la sima se elevaba en una larga y lenta pendiente hasta que, a lo lejos, Ahn pudo ver que estaba llegando a su punto más alto.

. El grupo comenzó a ascender por la pendiente entre imponentes acantilados a cada lado. Los únicos sonidos eran los ecos de los gritos de los pájaros de un lado a otro y el zumbido de los insectos en el aire seco. De repente, se oyó un fuerte crujido en lo alto. En un instante, se desprendieron varios bloques de roca y se precipitaron sobre el grupo. Una roca tras otra cayeron entre nubes de polvo. Los machos se encontraban en el lado del desprendimiento nunca se percataron del peligro. No tuvieron tiempo de escapar. Desaparecieron bajo la masa de rocas.

Los Persh restantes gritaron asustados: —¡Grraa... grraa...!

Se dispersaron por el polvo. Ahn y sus hijos tosieron, balbucearon y se alejaron a trompicones hacia donde se reunían los supervivientes. Oyeron gritos de «Griieh... griieh...» y gemidos procedentes del fondo de la pila.

Cuando se había disipado un poco el polvo, Ahn pudo ver un cuerpo tendido en el suelo como si estuviera atrapado. —¿Podría ser Croh? —Ella volvió hacia sus hijos—: Esperen aquí mientras veo qué está pasando.

Tropezando con el polvo, se encontró con un macho tumbado de lado con las piernas atrapadas bajo los escombros. Pero no era Croh. ¿Dónde estaba Croh? Se hundió el corazón de Ahn.

—¿Dónde está mi Croh? ¿Dónde está el padre de mis hijos? —gritó ella mientras se le llenaban los ojos de lágrimas. Estaba destrozada, pero entonces sus instintos femeninos pudieron con ella. Entre lágrimas, miró al Persh atrapado.

Llamó a Clint y a los otros machos: —Graak, graak... rápido, rápido, ayúdenme a quitarle las piedras de las piernas.

Juntos fueron capaces de mover las piedras, pero las piernas del herido parecían horriblemente aplastadas. Tendrían que cargar con él. No había rastro del amado Croh de Ahn. Donde el debería haber estado, nomás quedaban montones de enormes rocas grises.

Un sentimiento de terrible pérdida se apoderó de la madre. Empezó a llorar con grandes sollozos y buscó a

Clint. Ahn abrazó a su hijo y enterró la cabeza en su hombro. Ahah se acercó, abrazó a su madre y a su hermano y se unió a sus sollozos. Los Persh supervivientes, cubiertos de polvo, se quedaron mirando las rocas caídas, incapaces de comprender. Sabían que algo terrible había ocurrido, pero nunca sabrían que sus hermanos y primos se habían ido para siempre.

Gimoteaban en simpatía con los sollozos de los Pelinegros: —Griieh... griieh...

Los supervivientes se aferraron el uno al otro así durante algún tiempo. Luego, cuando Ahn recuperó la compostura ella consiguió que cuatro varones Persh llevaran a su hermano herido por los brazos y las piernas.

El triste grupo salió a trompicones de la sima y se abrió paso a través de la maleza hasta llegar a la pradera. Los lobos rojos seguían merodeando. La columna estaría protegida de los jabalíes. Los Persh formaron sus líneas lo mejor posible, y el grupo se dirigió a su hogar en la jungla. El superviviente herido sería llevado a una nido frondosa para recuperarse de sus heridas.

44

UNA TRISTEZA Y UNA ALEGRÍA

AHN, Ahah, Clint y los Cee Persh supervivientes regresaron al río en columnas rota. Caminaron por las aguas poco profundas cerca de la cascada y comprobaron que no había peligro en la zona de hierba. Regresaron a su refugio en la jungla sin Croh ni los otros machos desaparecidos. Algunas hembras adultas salieron al encuentro de los que llegaban. Se quedaron perplejas cuando no pudieron ver a todos los machos. Nunca se enterarían de la calamidad que había ocurrido. Cuando llegó a su hogar en lo alto de las copas de los árboles, Ahn se arrojó sobre una cubierta de hojas. Lloró por Croh, el padre de sus hijos, y sintió el dolor del vínculo entre ellos ahora roto. Un sentimiento de pérdida que permanecería durante mucho tiempo.

Más tarde, Ahn reunió a Clint, Ahah, Alina y Craat, su segundo hijo de ella, y les dijo a los dos más pequeños: —Ha muerto su padre. Un montón de piedras enormes cayeron sobre él y algunos de sus hermanos. Quedó completamente enterrado. No teníamos forma de encontrarlo.

Ahah y Alina echaron los brazos al cuello de su madre.

—Oh, mamá —gritó Alina—, estamos tan tristes por ti.

Ahn compartió algunas lágrimas con sus pequeños hasta que se serenó. Dijo, —Continuaremos aquí, siempre conscientes de que no estaremos tan seguros. Hay menos polos de defensa de Pelos Ligeros para protegernos. Ustedes dos, los machos Pelos Oscuros, tendrán que llevar pértigas a partir de ahora.

—¿Podemos ir a ver dónde está enterrado nuestro padre? —preguntó Alina—. Me gustaría tanto ver el lugar.

—Es demasiado peligroso —respondió Ahn—. Si no fuera por los perros grandes que nos protegieran, nos habrían matado los animales salvaje.

De repente, la Voz Melodiosa habló dentro de Ahn: «Ha llegado el momento de que las Nuevas Creaciones masculinas y femeninas se apareen. Es importante que el macho y la hembra deben haber nacido durante diferentes estaciones y en diferentes lugares. Esto debe suceder ahora».

«Esto es un golpe repentina», pensó Ahn. «Acabo de perder a Croh, y ahora esto».

La Voz Melodiosa volvió a hablar: «Esto debe suceder ahora».

Ahn sintió la urgencia de la Voz Melodiosa, así que dijo ella:

—Alina y Craat, por favor, vayan a sus nidos. Debo hablar a solas con Ahah y Clint. —Cuando se habían marchado los dos pequeños, Ahn empezó—: Ahah y Clint, saben que nunca debe haber apareamiento entre los Pelos Oscuros y los Pelos Ligeros. Saben que nunca se les permitió aparearse hasta que yo lo ordené. Ha llegado ese momento. Ahora los ordeno a ustedes dos, Ahah y Clint, que se apareen el uno con la otra. Esto debe ocurrir tan pronto como sea posible. Deben unirse en un nido cerca de las nidos de las hembras Pelos Ligeros. Cuando se tumben juntos, debe ser como si se estuvieran acicalando el uno al otro. Ustedes dos deben continuar hasta que se hayan apareado completamente. Después, seguirán llevando sus faldas de hierba.

—Sí, madre —dijo Ahah.

Los dos se dirigieron al nido como Ahn les había ordenado. Antes del siguiente amanecer, su apareamiento se había completado y había comenzado un nuevo tipo de relación.

Hacía tiempo que Ahn y su hijos Pelos Oscuos ella y muchos de los Persh tenían un ritual matutino. Se adentraban en la jungla para desayunar y recoger comida para el día. Contaban con la protección de muchos machos Persh con polos de defensa y piedras cortantes. Ahora había menos hombres Persh armados. Clint y Craat ahora llevaban polos de defensa y piedras cortantes. Ahn les enseñó los usos de estos para la defensa ella, al igual que había hecho con los Persh machos, tantas temporadas atrás.

45

ENTRE LAS ESTRELLAS

Las estaciones cálidas y secas seguían a las lluviosas con un ritmo lento. Podría pensarse que la vida de Ahn sería monótona y solitaria, pero todo seguía pareciéndole tan nuevo que siempre estaba maravillada. Amaba a los Cee Persh, a los hijos e hijas de sus antepasados y, por supuesto, quería sinceramente a sus pequeños Pelo Oscuros. No dejaba de sorprenderse felizmente en su vida y le encantaban los momentos en los que podía hablar con su amigo Cara Blanca.

Muchas noches, cuando oscurecía, Ahn se subía a las ramas más altas y miraba el cielo a través de las hojas. Buscaba el resplandor de Cara Blanca. Cuando lo encontraba, practicaba su lenguaje. Sabía que él siempre podía oírla y entender lo que decía. Él la escuchaba con cariño mientras ella expresaba su corazón con sus propias palabras. Se balanceaba de un lado a otro en una rama, meciéndose en los brazos de Cara Blanca, incluso en las ocasiones en que él sólo aparecía parcialmente. Pero los momentos que más le gustaban eran aquellos en los que Cara Blanca parecía estar justo delante de ella, como si pudiera alcanzarlo y tocarlo.

Decía: —Oh, gracias, Cara Blanca, por estar ahí y escucharme. Conoces exactamente mis pensamientos y sentimientos. Estoy impaciente por ver el nido donde vives. —Cuando se cansaba, decía—: Adiós, oh Cara Blanca.

Acto seguido, Ahn se columpiaba en su nido y se quedaba profundamente dormida. Una parte de ella esperaba que la Voz Melodiosa que llevaba dentro fuera la voz de Cara Blanca, aunque nunca oía la Voz Melodiosa cuando hablaba con él. La Voz sólo hablaba en los momentos misteriosos que ésta elegía el.

UNA LECCIÓN INTERRUMPIDA

Cuando Ahee, la tercera nieta de Ahn, empezó a hablar y Ceel, el tercer nieto de ella, a andar, llegó el momento de que Ahn reanudara sus clases. Pudo columpiarse desde su frondosa terraza hasta donde estaban siendo atendidos Ahee y Ceel por sus madres, Alina y Ansoa. Bitsi y Citsi, estaban allí. Había fallecido Itsi.

—¡Bueno, feliz amanecer a todos! ¿Cómo estamos todos? —Ahn recogió a Ahee en brazos y la meció de un lado a otro.

—Nanaa... nanaa —ya la pequeña había empezado a hablar el idioma de Ahn.

Ellas se sentaron en la hierba, donde se les unió Aloa, la primera nieta de Ahn. Preguntó ésta: —¿Cómo has dormido, Aloa?

—Estaba un poco inquieta. Creo que el nuevo pequeño llegará pronto. Siento mucho movimiento, y puedo decir que Bitsi y Citsi están al tanto y ayudarán —respondió Aloa.

—Bueno, vamos a esperar y ver —dijo Ahn—. Ve a tu nido y descansa todo lo que puedas. Tu bebé será mi primer bisnieto y estoy muy emocionada. Me aseguraré de que Clint te reúna comida extra.

Ahn adoraba a sus nietos, pero con un bisnieto, su amor sería aún más especial. Separó los brazos de Ahee de su cuello y la sentó en el suelo junto a ella.

—Ahora es el momento de una lección en mi idioma. Comencemos...

Así empezó aquel día, que iba a ser el primero de muchos en los que Ahn enseñaría a Ahee y al pequeño Ceel su propia lengua.

De repente, el suelo donde estaban sentados empezó a temblar y a moverse arriba y abajo. Era como si la tierra intentara lanzarlos por los aires. Se oyó un tremendo rugido que tapó por completo el estruendo de la cascada. El temblor continuó durante lo que pareció mucho tiempo, hasta que se tumbó asustado todo el grupo, y los pequeños Ahee y Ceel lloraban. Se hizo más fuerte el estruendo al principio, y luego se desvaneció. La selva se sumió en el silencio, con el único sonido del estruendo de la cascada.

—¿Qué ha pasado, mamá? —Aloa fue la primera en hablar.

—No lo sé; es muy aterrador.

ENCONTRANDO EL CAMINO

Cuando el suelo dejó de moverse y desapareció el terrible estruendo, volvieron a oír la cascada. Estaban atónitos todos los habitantes de aquel refugio junglatico. Tanto si estaban colgados de una rama como tumbados en el suelo, todos esperaban a que se produjera el siguiente temblor. Cuando no ocurrió nada, Clint y Craat bajaron de sus perchas y se asomaron a la zona hierba. Se les unió un grupo de machos Persh que llevaban sus polos de defensa. Al mirar hacia la cascada, sintieron que algo había cambiado, pero no sabían qué era. Armándose de valor, se dirigieron hacia la cascada y la base del acantilado. Miraron a su alrededor para ver si había una manada de animales gigantes o algún monstruo capaz de hacer que se moviera el suelo. ¿Qué podía haber causado el estruendo que había tapado el auge de la cascada? Los ojos de Clint volvieron a la cascada. Lo que vio hizo que parpadeara; lo asombró. Gritó: —¡Eh, la cascada ahora son dos cascadas! —Señaló y se volvió hacia Craat—. ¿Ves lo mismo que yo? La cascada se ha dividido en dos.

—Sí, tienes razón. Caramba, me pregunto qué habrá pasado —respondió Craat.

Mientras contemplaban las cascadas gemelas, se les unió Ahn, que preguntó: —¿Qué está pasando? ¿Por qué gritan?

—Mamá, mira, ahora hay dos cascadas... no una. Esta mañana debe haber pasado algo muy gordo —dice Clint.

—Sí, ya veo; tienes razón. Me pregunto qué habrá pasado —dijo ella.

El grupo se quedó mirando las cataratas e intentaban comprender el porqué de la situación.

A la mañana siguiente, temprano, Ahn organizó a Clint, Craat, el joven Creep y algunos machos Persh en un grupo de exploración para ver más de cerca las cascadas y el acantilado. Miraron a su alrededor para asegurarse de que era seguro. Llevando sus armas, caminaron hasta la base de lo que ahora eran dos cascadas.

Ahn dijo: —Vamos a verificar el estado del acantilado para ver si hay algo diferente. Tal vez ha cambiado la forma.

El grupo giró a la izquierda y siguió la línea del acantilado, manteniéndose cerca de la maleza en su base. Se dirigían hacia el lugar donde un macho joven Persh murió atropellado por la roca.

De repente, Clint gritó: —Miren, el acantilado se detiene más adelante, justo donde mataron al joven Pelo Ligero.

—Sí, es como si el acantilado de más allá hubiera

desaparecido —dijo Ahn—. Sigamos adelante. Vamos a ver lo que pasó.

Llegaron al lugar donde había estado la hendidura y se abrieron paso entre la maleza. Donde había estado la hendidura había ahora una larga roca lisa inclinada hacia el cielo. No había acantilado.

—Subamos a la cima para ver adónde llega —dijo Craat.

Cuando llegaron a la cima, contemplaron una vasta pastizales. Se extendía hasta una hilera de colinas verdes y, a lo lejos, una montaña de pico blanco. Un cara oscura de jungla se era un lado.

—¡Ya está! —gritó Ahn, emocionada—. Este es el camino que debemos seguir. Encontraremos el nido del Cara Blanca.

Clint se fijó en las formas oscuras de algunos animales desconocidos en la distancia y advirtió: —Puede que tengamos que enfrentarnos a nuevos peligros por allí.

Ahn dijo: —Volvamos a la cascada ahora. Pero este es el camino que debemos seguir.

El grupo de exploradores dio media vuelta y volvió sobre sus pasos por la roca inclinada hasta su refugio en la jungla.

48

PREPARANDO LAS COSAS

AL AMANECER SIGUIENTE, Ahn convocó a su familia de ella y a todos los Cee Persh, aparte de los vigilantes. Los convocó a una reunión sobre la pradera, frente a la primera línea de árboles. Ahn se sentó en la hierba con Clint, Craat, Creep, Ahah, Alina y Ansoa. Allí estaban todos sus nietos, Aloa, Crink, Alma, Ceep, Ahee y Ceel, tres hembras y tres machos. Aloa y Alma abrazaron a Alaha y Craam, los bisnietos de Ahn.

Los Persh y Cru, el único superviviente que quedaba de la banda ancestral de Ahn, los Cee Persh Pelo Oscuros, formaron un amplio semicírculo a su alrededor. Llegaron dos lobos rojos y se sentaron fuera del círculo.

Ahn explicó las planes de ella: —Hemos encontró a un lugar donde el acantilado ya no existe. No hay nada que nos impida emprender nuestro viaje para encontrar el nido de Cara Blanca. Esperaremos hasta que Alaha y Creek hayan crecido un poco —continuó ella—. Los machos Pelo Ligero pueden aprovechar el tiempo para practicar con sus polos de defensa y piedras cortantes. Clint, Craat y Creep se unirán a ellos para ayudar a compensar a los miembros perdidos.

—¿Necesitamos llevar algo con nosotros? —Era Aloa; estaba preocupada por su nuevo pequeño.

—Sí —respondió Ahn—, debemos recoger las hojas, bayas y nueces que necesitaremos si no encontramos comida. Son importantes, sobre todo para los más pequeños. Muy bien, ¿alguna otra pregunta?

—¿Debemos seguir llevando nuestras faldas de hierba? —preguntó el joven Crink. No le gustaba llevar la misma ropa que sus parientes femeninas.

—La respuesta es la siguiente: insisto en que todos mis descendientes, de todas las generaciones, sigan llevando falda de hierba hasta el día de su muerte. ¿Queda claro? Entonces, la respuesta es sí. Será mejor que siempre lleves tu falda de hierba. Si no lo haces, serás desterrada de la familia y del grupo. ¿Entiendes?

—Sí, mamá, lo entiendo.

—Cuando nos vayamos, me gustaría que ustedes dos, Aloa y Alma, mantuvieran cerca de Bitsi y Citsi. Estas encantadoras señoritas pelo Ligeros son muy serviciales con los pequeños. —Luego gritó ella—: ¡Gruuu! —una alegre palabra persh y tambien— Grau —que significa «vamos». Ahn terminó diciendo—: Gracias a todos. Volveremos a lo que estábamos haciendo.

A continuación, todos se fundieron de nuevo en la penumbra de la jungla.

49

DE VUELTA A LA BÚSQUEDA

HABÍAN PASADO MUCHAS ESTACIONES, húmedas y secas, desde que Ahn quedó detenido para el acantilado hasta la llegada del terremoto. Ahora, la reciente estación húmeda había terminado de verdad y era el momento de ponerse en marcha de nuevo en pos de su sueño ella.

El viaje comenzó a la frescura de la mañana. Sus hijos varones, Clint, Craat, Creep, e incluso su nieto Crink, habían sido llamados para ocupar el lugar del desaparecido varon hombres Cee Persh. Cuando todo el grupo estaba reunido en las lineas de la columna de marcha, se pusieron en marcha hacia la larga pendiente que conducía al mundo más allá del acantilado. La columna ascendió por la larga pendiente y llegó a la cima cuando aún estaba saliendo el sol.

Al llegar a las pastizales, se asustó una manada de gacelas y se dispersó. A lo lejos se veía una hilera de colinas cubiertas de árboles. La oscura cara de una selva se alzaba a un lado. La columna se desplazó para caminar cerca de la selva al iniciar su marcha. Ellos dirigía a las colinas lejanas. Ahn pensaba: «Estoy tan contenta de que hayamos podido dejar atrás la cascada y seguir mi sueño».

Mientras soñaba despierta, miraba fijamente las cabezas peludas de los de delante. De repente, Ahn se sintió conmocionada hasta la médula. Fue como si una piedra cortante hubiera atravesado su mente. Justo delante había una manada de leones entre unos arbustos. La visión de los leones le causó una herida profunda. Una imagen de leonas destruyendo a su familia acudió a su memoria.

Siseó una y otra vez: —Grek... grek... grek... paren — hasta que se detuvo el grupo. Acto seguido, repitió—: Grraa... grraa... vamos, vamos —mientras giraba asustada, estrellándose contra la maleza cercana y adentrándose en la jungla.

El grupo sintió el peligro y la siguió. La siguieron de nuevo mientras ella se subía a un árbol presa del pánico. Se sentó en una rama y pensó: «¿Qué ha pasado? He perdido el control. Esto no puede ser».

Finalmente, gritó ella: —Grau... grau... síganme —y empezó a balancearse rama a rama, árbol a árbol, para continuar el viaje, manteniéndose en las copas de los árboles. Era una forma lenta de viajar, pero segura.

Cuando Ahn pensó que habían viajado mucho más allá de la guarida de los leones, llamó ella a Clint: —Saldremos aquí a la luz del sol.

Todo el grupo se balanceó hacia el suelo. Por fortuna, habían llegado a un claro cubierto de rocas y rodeado por tres lados de altos árboles. En el cuarto lado, el paisaje se desvanecía en un valle brumoso.

Los Nuevos Creacions Pelo Oscuros y los Cee Persh se extendieron a la luz del sol. Clint se aseguró de que estuvieran a salvo. Se colocaron guardias alrededor de la reunión.

El sol bajaba en el cielo, pero el día seguía siendo luminoso. Ahn seguía conmocionada por la visión de los leones, pero se sentó en lo alto de una roca y contempló la escena. Se dio cuenta de que debía sacudirse el doloroso recuerdo y consolarse viendo los frutos de su vida dispuestos ante ella.

Los hijos, nietos y bisnietos Pelo Oscuros de Ahn estaban bañados por la luz del sol. Clint, Craat, Creep y Ahah, Alina y Ansoa estaban allí. Todos sus nietos jugaban entre sí, o con el joven Persh. Qué dulce era la visión de Aloa y Alma abrazando a Alaha y Craam, los bisnietos de ella. Tenía un sentimiento de gran satisfacción. Este sentimiento cubrió su dolor como un líquido cálido y fluido. Tenía un tierno recuerdo de Croh.

—¿No es precioso? —le dijo a Clint, que estaba sentado debajo de ella—. Me impactó ver a esos animales, los que mataron a mi familia. La visión me tocó un recuerdo doloroso... pero ahora estoy bien.

—Parecías muy asustada.

Ahn pensó: «Creo que él no entendería lo que estoy pensando. Creo que tendré que seguir amando lo que veo ante mí».

Le dijo a Clint: —Estoy tan feliz de poder quererlos a todos. —se decidió que descansaran hasta el siguiente amanecer.

Cuando el sol empezó a ocultarse tras los árboles, Ahn echó un último vistazo al valle brumoso. Colgando no muy lejos había una bola translúcida que captaba los últimos rayos del sol poniente. Ahn observó en silencio cómo flotaba durante un rato. Siguió observando mientras se alejaba lentamente y desaparecía en el crepúsculo.

50

DE TORTUGAS Y MAMUTS

AL AMANECER, Ahn miró hacia el valle. No había ni rastro de la bola translúcida. Por gracia, tampoco había señales de leones u otros animales peligrosos. Se reunieron en su columna de marcha y reanudaron el viaje. Los tres machos adultos de Ahn se unieron a los varones armados de los Persh. Clint encabezaba una fila, mientras que sus hermanos menores, Craat y Creep, se unían a la otra. Los varones más jóvenes y las hembras cargaban con todo lo necesario. Se dirigieron hacia las lejanas colinas.

El camino era fácil mientras bajaban por una pendiente. Al doblar una esquina de la jungla, les aguardaba una extraña visión. El terreno descendía hacia un barranco hundido y se habían topado con lo que parecía una larga hilera de arbustos de color oscuro. Cuando se acercó el grupo, resultó que no eran arbustos, sino un desfile de caparazones de tortuga. Una hilera de tortugas salía de la base de un grupo de árboles en un lado y se dirigía a la jungla en dirección opuesta. Era como si una corriente de caparazones de tortuga fluyera por el valle y desapareciera en la jungla.

Clint dio la señal de parar: —Grek... grek...

Se detuvo el grupo y se dispersó para contemplar la extraña escena. Cuando las tortugas desaparecieron en la selva, todo el grupo miró, asombrado.

Pero entonces se oyó un grito de advertencia de un Cee Persh en la retaguardia: —Greeh... greeh... greeh...

Ahn se dio la vuelta y vio un espantoso muro de animales gigantes que se acercaba por la colina detrás de ellos. No sabía lo que eran ella, pero eran mamuts. Sus enormes colmillos, que se agitaban al frente ellos, brillaban a la luz del sol.

Los mamuts retumbaron, hombro con hombro, acercándose rápidamente al grupo. Ahn miró a su alrededor presa del pánico. ¿Qué harían? Temía por sus hijos y por los Persh. Más allá de la masa de tortugas en movimiento había una colina sembrada de enormes rocas.

Ahn pensó rápidamente en la situación y gritó: —Que todo el mundo corra hacia las rocas. ¡Grau... grau... grau! Vayan más allá de los caparazones en movimiento tan rápidamente como puedan. Traigan a los pequeños. ¡Grau... grau!

Nada más gritar Ahn, todo el grupo empezó a correr hacia los caparazones de tortuga y a saltar caparazón a caparazón hacia las rocas. Los adultos ayudaron a los frágiles y muy jóvenes. Al llegar a las rocas, se deslizaron entre las enormes piedras y encontraron protección.

Detrás de ellos oyeron un sonido horrible: «¡crac... crac... crac!».

Las pezuñas de los mamuts aplastaban los caparazones

de las tortugas. Los animales pisoteaban a las tortugas mientras se acercaban al grupo. Cuando los primeros mamuts llegaron a las rocas, sus colmillos repiquetearon contra las piedras. Sus enormes pezuñas tropezaron y se desplomaron.

Para entonces, los Pelo Oscuros y los Persh estaban subiendo la colina cubierta de rocas hacia un lugar seguro. Miraron hacia atrás y vieron que los mamuts se habían sido detenidos.

Cuando la colina se elevó hacia un cielo azul, Crink y Ceel fueron los primeros en llegar a la cima. Miraron lo que había más allá.

Gritó Crink: —¡Miren! ¡Oh, miren! Hay un río, un gran río.

Pronto todos en el grupo alcanzaron la cima de la colina y pudieron ver que había un amplio valle atravesado por un río. Las orillas cubiertas de hierba y la densa jungla bordeaban el río a cada lado.

Ahn se aseguró de que el camino parecía despejado y dijo: —Debemos ponernos en formación cuando lleguemos a la orilla del río. Seguiremos el río. ¡En marcha! Grau... grau...

Cuando llegaron al río y se pusieron en fila, avanzaron por la orilla junto a la maleza que bordeaba una jungla.

51

A ORILLAS DEL RÍO

Avanzaron con dificultad entre matorrales que les llegaban hasta la cintura y esperaban encontrar un claro donde pasar la noche. Pronto cayeron grandes gotas de lluvia y sopló una fuerte brisa.

—Grek... grek... grek... Vamos a parar aquí —gritó Ahn—. Dormiremos entre los arbustos, cerca de la jungla.

El grupo se dejó caer al suelo donde se encontraba. Comenzaron a repartirse frutos secos y bayas. Aloa daba de comer a su bebe y una madre Cee Persh a la suya. La lluvia se convirtió en un aguacero chisporroteante con ráfagas de viento que arremolinaban la lluvia en chorros de agua. No había mucho que hacer, salvo sentarse en el suelo y esperar a que pasara la tormenta. Un par de Persh entraron en pánico y saltaron dispuestos a huir a la jungla.

—Graak... graak... quédense aquí —gritó Clint—. Tenemos que permanecer juntos.

Anh apenas podía oír a su hijo a través de la tormenta.

Tenía en brazos al pequeño Craam, meciéndolo de un lado a otro mientras el pequeño lloriqueaba.

—¡Grraa... grraa! —gritó alarmado uno de los Persh cuando olas de agua helada empezaron a arremolinarse alrededor de los cuerpos que descansaban.

Se desbordaba el río. Había una fuerte ola tras otra, y éstas se precipitaban por el suelo donde se acurrucaba el grupo. El suelo estaba cubierto de capas de vegetación caída y Anh seguía abrazada al pequeño Craam cuando empezó a moverse el suelo. Ahora ella y dos machos Persh flotaban de repente sobre una balsa de ramas.

Ahn pudo sentir su movimiento y gritó de manera aterrorizada: —¡Clint, oh Clint!

Clint oyó algo a través de la lluvia torrencial, pero no pudo distinguir el sonido. Hubo otros gritos que se perdieron en el estruendo de la tormenta mientras Ahn y los Persh eran arrastrados hacia el río crecido. Empezaron a moverse otras partes del suelo.

Gritó Clint: —¡Aguanten... aguanten!

Los Persh y Pelinegros se agarraron a cualquier arbusto o tocón que pudieron encontrar.

El diluvio de la tormenta continuó durante toda la noche hasta que, hacia el amanecer, la lluvia amainó lentamente y el nivel del río empezó a descender.

En cuanto pudo ver algo más allá de su brazo extendido, Clint miró a su alrededor para ver qué había ocurrido. Los que estaban cerca de él estaban completamente empapados por la lluvia, pero por lo demás parecían estar bien. Pero había lagunas. ¿Dónde estaba su madre? Clint se dio cuenta, horrorizado, de que había desaparecido su querida madre. Su mente se llenó de miedo: «¿Dónde estará?».

Miró el río crecido y pensó: "¿El río se llevó a mamá?" ¿Está bajo las olas?». Clint se hundió en el barro y empezó a sollozar incontrolablemente. Ahah se dio cuenta de lo que había pasado y empezó a llorar.

Creep, su hermano pequeño gritó: —No... no... no... ¿Dónde están Craat... y Alina... y Aloa... y la pequeña Alaha? ¿Dónde están?

Ahah gritó: —¿Dónde están Ahee y Crink? Faltan algunos de nuestros Pelo ligeros.

Uno del mayore de Persh se metió hasta los tobillos en el agua que retrocedía. Sabía lo que había pasado y gruñó: —Grau... grau...

Señaló hacia el río e hizo una seña a Clint. Éste lo vio señalar y dejó de sollozar. Comprendió que el viejo Persh quería que fuera al río, que quería que buscara en el río. Clint intentó serenarse. Se dio cuenta de que tenía que tomar las riendas de la situación. Reunió a los supervivientes en la fangosa orilla del río.

Cuando se había calmado todo, Clint logró hablar: —Graak... graak. Todos tenemos que calmarnos y pensar en nuestra situación. Debo encontrar a mi madre y a mis hermanas. Una Voz habla a madre para guiarla. ¿Cómo podríamos seguir sin ella?

Acto seguido, preguntó Creep: —¿Cómo la encontraremos? Probablemente siga flotando río abajo.

—Soy consciente de lo terrible de la situación —dijo Clint—, pero debemos hacer todo lo posible para encontrar a madre y a los demás. Partiremos a lo largo de la orilla del río, buscando hasta que los encontremos. Con suerte, habrán quedado atrapadas en algún lugar de la orilla y podremos rescatarlas.

El grupo se puso en marcha a lo largo del río en su búsqueda. Allí estaban los Persh varones que quedaban con Clint y su hermano y dos sobrinos. Cada uno llevaba una pértiga de defensa y una piedra cortante. Mientras buscaban, Clint recordó lo que su madre siempre decía sobre la Voz; hablaba de que «...siempre era alentadora». Hablaba de cuando «Ella y la Voz Melodiosa se iban a encontrar».

A pesar del reconfortante recuerdo, en el pecho de Clint ardía una sensación de pena, pero sabía que debía concentrarse en la búsqueda que tenía por delante e ignorar los terribles sentimientos. Esperaba encontrarse pronto con su madre. Clint nunca se había separado de Ahn.

Los Persh también estaban totalmente entregados a Ahn y harían cualquier cosa por encontrarla. Clint sabía que le ayudarían y la pondrían a salvo. Pero mientras todos buscaban a lo largo de las orillas, la propia velocidad del río que pasaba tan rápidamente parecía barrer la esperanza. Serpientes y otros reptiles flotaban a su alrededor. ¿Cómo sobreviviría mamá?

52

LA BÚSQUEDA

AHN ESTABA ATERRORIZADA en la oscuridad. Se precipitaba sobre el caudaloso río azotada por un diluvio de lluvia. Mientras sujetaba al pequeño Craam contra su pecho, los Persh se aferraban a sus brazos, uno a cada lado. Parecían flotar cada vez más rápidamente.

—Grraa... grraa... aguanta... aguanta —gritaba Anh mientras el pequeño lloraba y lloraba.

De repente se oyó un golpe y un ruido seco. La balsa en la que viajaban se había estrellado contra un banco de arena. Anh rodó sobre la arena con el pequeño Craam, y el Persh saltó justo detrás de ellos.

Al amanecer, Anh se dio cuenta de que habían aterrizado en una isla a mitad de le rio. La pequeña isla no era más que un trozo de arena y hierba salpicado de cantos rodados. No sabía ella que la isla los había salvado de perderse en las rocas río abajo. Se tumbaron en la hierba, contentos de estar a salvo, aliviados de que hubiera llegado a su fin su aterrador viaje. Anh no tardó en darse cuenta de que seguían corriendo un gran peligro. Aunque estaban agotados y el pequeño Craam y el Persh se habían dormido, Anh no podía. Empezó a preguntar en voz alta a la Voz Melodiosa: —¿Qué podemos hacer, oh Voz? Sé que estoy aquí por un gran propósito. A menudo te oigo dentro de mí y puedo ver el cielo y la Cara Blanca. ¿Acaso mi vida ha llegado a su fin sin que se haya cumplido mi propósito? —gritó—. ¿Cómo puede ser esto? ¿No hay salida? ¿Hay algo que puedas hacer para ayudarme?

Anh lloraba, pero sus gritos y sollozos se perdían en el estruendoso sonido del río. El Persh y el pequeño Craam se despertaron con los llantos de Anh y empezaron a gemir suavemente.

Finalmente, después de que Anh se agotara y quedara ronca de tanto llamar, se levantó con Craam en sus brazos y se arrastró hasta el final de la isla. Se hundió su corazón al pensar que era el final de su viaje y que aquí moriría de hambre. Volvió a donde se había tumbado en la hierba y empezó a llorar pensando: «¿Cuándo oiré la Voz Melodiosa?». Se quedó dormida, exhausta, en posición fetal. Su bisnieto estaba acurrucado en sus brazos.

Ahn fue despertado por la Voz Melodiosa: «¿Qué le está pasando a mi pequeña Nuevo Creacion? ¿Cómo has llegado a esta situación? No importa, no podemos permitir que te ocurra esto. Esto no puede ser...

Por una vez, parecía preocupada la Voz Melodiosa.

53

UN RESCATE AUDAZ

Clint y los demás llegaron a un recodo del río. La corriente ya no era tan rápida. Los animales ahogados y las ramas de los árboles no flotaban tan deprisa. Donde el río se estrechaba, pudieron ver que había una isla baja asentada sobre el agua oscura.

—¿Qué son esas figuras? —Clint pensó en voz alta—: ¿Es Madre? —Entonces gritó—: ¡Esa es madre y los dos Pelo Ligeros!

Los rescatadores empezaron a correr por la orilla del río hasta situarse frente a la isla. Saludaban y gritaban por encima del rugido del río. ¿Los oirían los Persh? Entonces, uno de los dos Persh de la isla vio las manos que agitaban. Anh y el Persh empezaron a saludar a los que estaban en la orilla.

Las lágrimas querían brotar de los ojos de Clint, pero se congeló su cuerpo. ¿Cómo llegaría hasta su madre? Permaneció largo rato de pie, mirando hacia la isla y preguntándose qué hacer. De repente, como inspirado, se le ocurrió una idea en medio de su angustia.

Gritó a los que lo rodeaban: —Necesitamos trozos de liana. Vamos a buscarlos.

Pronto, él y el resto de los Pelo Ocuros adultos, incluidos Ahah y Creep, anudaron trozos de liana para formar una cuerda larga. Después, ellos y el Persh construyeron una balsa de ramas de árbol. Las unieron con más trozos de liana. Trasladaron la balsa a la orilla del río, frente a la isla.

Un grupo de Persh machos se colocaron juntos en el recodo del río y sujetaron un extremo de la cuerda de liana. Clint agarró el otro extremo mientras los Persh lo sujetaban enseñados. Se subió a la balsa mientras la sacaban al agua. Tenía una rama de árbol recta y una hoja de corteza a sus pies. Dejando que la cuerda se deslizara por su mano, Clint se empujó hacia el remolino del río.. La corriente meció la balsa en la corriente y, como un péndulo, fue llevada hasta la isla. Cuando esso aterrizar, madre e hijo y los dos Persh estaban esperando. Ahn sostuvo a Craam mientras ella subía a la balsa junto a Clint. A continuación, Clint se alejó de la isla mientras los Persh, en el recodo del río, mantenían tensa la cuerda. La balsa volvió a oscilar como un péndulo hacia la orilla del río. Los Pelo Oscuros se agolparon alrededor de Anh. La amada madre del grupo estaba a salvo. Clint volvió a agarrar la cuerda tensada y se balanceó de nuevo hacia la isla para rescatar a los dos Persh varados.

Cuando el grupo se había reunido a salvo en la orilla del río, Ahn se vio rodeada por los miembros de su familia

Pelo Oscuro y los Persh. Todos intentaron abrazar a su madre rescatada. Clint lloró de alivio al abrazarla. Grandes lágrimas brotaron y cayeron por sus mejillas.

—Oh Madre... oh Madre... oh Madre —gritó.

No tenía palabras para expresar lo que sentía. Los nietos supervivientes de Ahah y Ahn también derramaron lágrimas de alegría mientras se agolpaban a su alrededor. Todo el grupo se convirtió en una masa de cuerpos abrazados.

Mientras seguían abrazándose, Ahn miró a su alrededor y buscó entre todas las caras. De repente, se dio cuenta ella de algo terrible.

Se ahogaba de horror al preguntar: —¿Dónde están Craat y Alina y Aloa y la pequeña Alaha? ¿Dónde están Crink y Ahee? ¿Faltan algunos de nuestros Pelo Ligeros?

Habían desaparecido el segundo hijo de Ahn, tres de ella nietos y su bisnieta Alaha. Habían sido arrastrados por la corriente. También habían desaparecido varios de los Persh.

Clint dijo: —Sí, madre, tienes razón. Mi hermano ha desaparecido, Alina ha desaparecido, Alaha ha desaparecido con Aloa, y Ahee y Crink también han desaparecido. Deben de haber salido flotando como tú.

—¿Crees que están a salvo? —preguntó Ahah.

—Bueno, deben de estar en una balsa de ramas y ramitas —respondió Clint. Seguiremos hasta encontrarlos. Esperemos que los Pelo Ligeros que faltan se hayan quedado con ellos. Grau... grau... ¡vamos!

Clint señaló la orilla cubierta de hierba del río que bordeaba la jungla. —Será mejor que continuemos siguiendo el río —dijo Clint—. Seguiremos buscando. No perderemos la esperanza.

Tras sentarse en la hierba para recuperarse del susto y descansar, el grupo partió en busca del grupo desaparecido.

155

54

BUSCANDO A LOS OTROS

AHN SE ESTABA RECUPERANDO de la terrible experiencia de ser arrastrada por la corriente. Clint se hizo cargo de la búsqueda río abajo de los desaparecidos. Dijo:

—Me adelantaré con Creep. ¿Pueden dos Pelirrubios venir conmigo?

Clint eligió a dos de los Persh mayores para la búsqueda.

—Seguro que encontraremos a nuestros seres queridos —dijo.

Abandonando a Ahn y a los demás supervivientes, Clint y su grupo se pusieron en marcha a lo largo de la orilla del río a paso de trote. No había tiempo que perder en la búsqueda.

En primer lugar, tuvieron que atravesar una zona rocosa, y la orilla del río se había derrumbado parcialmente en un lugar. De repente, uno de los Persh gruñó: —Grraa... grraa...

El grupo se detuvo en seco. No muy lejos había una

manada de animales de cuernos largos bebiendo a la orilla del río. Los cuatro esperaron, frustrados, hasta que la manada se retiró a un claro de la selva.

—Muy bien, ya podemos continuar —dijo Clint.

Más adelante, vieron grandes caimanes en la orilla del río. Estos tiraban del cadáver de un animal muerto hacia el río.

—Esperaremos hasta que se hayan ido —dijo Clint en voz baja.

Los cuatro se acuclillaron para descansar donde estaban. Finalmente, cuando los caimanes habían desaparecido en el río, pudieron reanudar su búsqueda.

Estaba a punto de anochecer cuando se percataron de un estruendo. Llegaron a una cascada que se extendía hasta la orilla opuesta del río. Clint bajó de manera por una pendiente rocosa para contemplar la cascada.

—Una balsa de ramas no podría haber sobrevivido esto —dijo—. A menos que podamos encontrar a los que faltan aquí, deben haberse muerto. Gritemos sus nombres.

—¡Alina, Ansoa... Alina, Ansoa...! —gritaron Clint y Creep.

Los Persh chillaron con gritos agudos. Todos gritaron y gritaron una y otra vez hasta quedarse afónicos. Ya estaba oscureciendo. Se refugiaron en lo alto de los árboles.

Al amanecer, Clint y el grupo comenzaron a desandar el camino hacia Ahn y el grupo principal. Estos se habían refugiado durante la noche, y ambos grupos se juntaron cerca de donde Clint había visto a los caimanes.

Cuando Clint habló, empezó a llorar: —No hemos podido encontrar a Alina, ni a Ansoa... ni a los demás.

—Ahora no llores —dijo Ahn—, La Voz Melodiosa y

Cara Blanca los tendrán a su cuidado. El río nos llevará más cerca del nido de Cara Blanca, donde seguramente los encontraremos.

El grupo se reunió en filas más cortas y se puso en marcha, reanudando la búsqueda del nido de Cara Blanca.

55

EL METEORO

LOS SUPERVIVIENTES de la terrible tormenta continuaron siguiendo la orilla del río. Nunca se alejaron demasiado de la jungla más cercana, pero seguían esperando encontrar a los desaparecidos. De vez en cuando llovía a cántaros, lo que los obligaba a buscar refugio. Pero nunca había nada parecido a la tormenta que había arrastrado a Ahn. Cuando el río llegaba a un desfiladero, el grupo encontraba la forma de cruzarlo. De lo contrario, tendrían que dar un rodeo.

Habían caminado por este camino hasta que el sol había pasado su punto apogeo. Ahn decidió que debían parar y comer. Dijo ella:

—Clint, creo que es hora de que nos detengamos aquí y comamos entre esos árboles. Parece que es seguro.

Justo cuando iba a dar la orden ella de detenerse, un meteoro se estrelló contra los árboles que tenían delante. Hubo un destello cegador y un gran estruendo. El suelo tembló bajo sus pies e, inmediatamente, las llamas salieron disparadas del borde de la selva. Los árboles y la maleza que los rodeaban estaban ardiendo. Las llamas empezaron a saltar de árbol en árbol y de arbusto en arbusto. El fuego se precipitaba hacia el grupo. Presas del pánico, se dieron la vuelta y corrieron por donde habían venido. El crepitar de la madera quemada llenaba el aire.

Como Anh había estado cerca de la cabeza de la columna, ahora estaba en la retaguardia. Se aseguraba de que no hubiera ningún rezagado y, al agarrar a un niño pequeño, las llamas la alcanzaron. Sintió un calor abrasador por detrás, y el pelo de su espalda relampagueó con las llamas. Corriendo tan rápidamente como pudo, logró superar una colina y alejarse del peligro inmediato. Una vez hecho esto, dejó caer al pequeño y empezó a rodar de un lado a otro por la hierba. Pero el daño ya estaba hecho. Ahn sufría un dolor insoportable, y lloraba y sollozaba lágrimas húmedas.

—Oh, Voz, ¿por qué me ha pasado esto? —gritó dolorida—. ¿Por qué a mí? —Pero no había tiempo que perder. Las llamas se acercaban.

—Vamos, madre, debemos continuar —llamó Clint.

Ahn luchó contra el dolor y se apresuró a seguir al grupo mientras arrastraba al pequena de la mano. Finalmente, pudieron encontrar un viejo lecho de río que estaba seco como un hueso. No había arbustos para quemar.

—Tendremos que refugiarnos aquí hasta que pase el incendio —dijo Clint—. Nunca sobreviviríamos al descubierto.

Se acurrucaron mientras el aire se llenaba de calor y humo y el cielo quedaba oculto. Ahn seguía sollozando en silencio, tumbada boca abajo. A su agonía se sumaba saber que el grupo podía ver que su madre, su líder, era tan frágil. Ella lo sabía, aunque el dolor abrumaba su mente.

Cuando se dio cuenta de que no había hojas frescas para enfriar el punzante dolor, suplicó: —Escúpanme en la espalda... escúpanme en la espalda...

Ahah y Ansoa, y su nieta Alma se dieron cuenta de lo que ocurría. Se reunieron en torno a Ahn y empezaron a escupir sobre la herida supurante. Para consolar a su madre, empezaron a tararear la nana que Ahn les había cantado cuando las abrazaba ella de pequeñas. —Cariño mío, cierra los ojos y duerme... La canción de Cara Blanca canta sobre ti. —Mientras repetían esto, los Persh empezaron a gemir. Entonces, todo el grupo, los Pelo Oscuros y los Persh se lamentaban. El canto de la canción de cuna y los lamentos continuaron, subiendo y bajando, hasta que el sol empezó a asomar entre el humo.

56

TIERRA ARDIENTE

A ESTAS ALTURAS, el paisaje era un mar ardiente de calor. Sobre una colina, tocones ennegrecidos eran todo lo que quedaba de los árboles mientras el humo se elevaba hacia el cielo.

Ahn se alegró cuando llegó la frescura de la noche y se tumbó boca abajo ella. Tardó toda la noche y la mitad del día siguiente en conciliar el sueño. Los Pelo Oscuros y los Cee Persh vieja se reunieron a su alrededor en el lecho seco del río. Se turnaban para abanicar la espalda de Ahn con trozos de corteza seca.

Entonces, los gritos de un pequeña los recordaron que tenían hambre. Tenían que encontrar jungla virgen.

Dijo Clint: —Debemos buscar comida, pero antes, debemos llevar a madre al río para que se bañe las heridas.

Clint no sabía cómo lo habían hecho, pero de algún modo consiguieron llevar a su madre al río. Al llegar, metieron a Ahn con cuidado en el agua fría y la dejaron en remojo. A continuación, llegó el momento de buscar árboles sin quemar. Al grupo le habría encantado revolcarse en el agua con Ahn, pero el hambre los hizo seguir adelante.

Clint dijo: —El viento soplaba hacia aquí, así que miremos en la otra dirección, más allá de donde cayó el meteorito.

Se reunieron lo mejor que pudieron y caminaron en la dirección señalada por Clint. Ahn fue ayudado por dos de los machos Persh más fuertes.

Su camino los llevó a través de la zona donde se había propagado el fuego. El suelo seguía caliente, pero afortunadamente era transitable. Bordearon el lugar donde había caído el meteorito y siguieron adelante.

—Veo árboles verdes delante —gritó Ahah—, pero tengan cuidado cuando nos acerquemos.

Encontraron árboles antes de que se hubiera desplomado alguien en el grupo. Rompieron filas y corrieron a comer. Las hembras se aseguraron de que cualquier pequeño se alimentara primero, y de que Ahn tuviera suculentas hojas.

La selva estaba en un silencio sepulcral. Habían huido los animales y el grupo encontró abundantes hojas, bayas y nueces. Estaban salvados.

En cuanto los machos adultos habían comido, Clint los organizó para construir plataformas y nidos. Siguió el ejemplo de su madre anteponiendo siempre la seguridad. Esta vez se trataba de conseguir primero un lugar para que se tumbara ella. Subieron a Ahn a la primera nido terminada, y Ahah y Ansoa le aplicaron las hojas más frescas en la espalda ella. Sabían que ayudarían a aliviar su herida. El dolor disminuyó un poco, pero seguía siendo tan intenso que Ahn no podía moverse. Ella tuvo que pedir que le trajeran comida. Cuando había sido atendido a Ahn, se decidió que todos descansaran. Había muchos pies doloridos y ojos ardientes.

—Clint, todos necesitamos descansar y recuperarnos —dijo Ahah—. Madre necesitará mucho tiempo antes de poder viajar.

—Muy bien, nos refugiaremos aquí hasta que esté lista madre.

Como no había señales de animales peligrosos, Clint pensó que era seguro bajar por la orilla cubierta de hierba hasta el río.

—Si todos tenemos cuidado, podemos visitar el río.

Eso es lo que empezaron a hacer. Por turnos, todo el grupo bajó a remojar los pies llenos de ampollas en el agua fresca.

57

EL SUFRIMIENTO DE LA MADRE

AHN SE TUMBÓ boca abajo en un nido nueva, cubierta de hojas. El dolor de su espalda estaba remitiendo un poco, pero sentía que le estaba agotando las fuerzas. Ahah y Ansoa estaban muy atentas poniéndole hojas frescas y asegurándose de que la alimentaban con la mejor comida. Cuidaban de su madre día y noche.

Aparte de su dolor físico y de la pérdida de tantos hijos, el hecho de que el viaje hacia su meta se viera interrumpido era como una herida más para Ahn. Mientras estaba tumbada sobre las hojas, su mente se alejaba del dolor para dirigirse al pasado feliz. Empezando por la aparición de los seres brillantes y el comienzo de su nueva vida, todos los acontecimientos felices empezaban a reproducirse en su memoria. Había hecho todo lo que la Voz Melodiosa le había pedido. Unirse a Croh le había dado los hijos que tanto amaba. Ahora había nietos y bisnietos, todos queridos de su corazón. Pasó momentos felices en lo alto de las copas de los árboles hablando con Cara Blanca. Recordaba la primera vez que los Pelo Ligeros machos se habían alineado en la pradera, con las varas de defensa preparadas. Pero también tenía pensamientos frustrantes. Cuando la Voz Melodiosa dijo: «Pronto nos encontraremos», ¿eso quería decir que el encuentro con Cara Blanca sería pronto? «¿Por qué esperar?» pensaba. «Si sus hijos no hubieran desaparecido y no hubiera habido un incendio». La madre estaba ansiosa por responder a lo que pensó que era una invitación para visitar el nido de Cara Blanca. Sus quemaduras tardaban mucho en curarse. Tenía la sensación de que se le acababa el tiempo.

Un amanecer, Ahn llamó a Clint: —Debemos reemprender el viaje. Debemos encontrar a los desaparecidos para que yo pueda llegar al nido de Cara Blanca mientras aún tenga fuerzas.

—Pero madre, ahora mismo no estás bien. Creo que deberíamos esperar hasta que estés mucho mejor.

Clint sabía que su madre quería encontrar a su familia y alcanzar el objetivo de su búsqueda, pero no creía que estuviera preparada.

Ahn añadió: —Pronto llegará la estación de las lluvias, hijo. Al menos debemos cubrir cierta distancia antes de que llueva.

—Pero madre, no estás preparada.

—Hijo, te lo ordeno. Debemos partir lo antes posible.

Clint eligió cuatro machos sanos para llevar a su madre, tres Persh y Creep, el tercer hijo de Ahn. Hicieron un camilla en forma de nido para cargarla. Pronto todo el grupo estuvo listo. Volvieron a formar sus columnas anteriores lo más cerca posible y se pusieron en marcha con Clint al mando.

58

LA PÉRDIDA DE LA MADRE

EL RÍO se precipitaba sobre los rápidos mientras descendía hacia un valle neblinoso. La columna de Pelo Oscuros y Cee Persh había estado moviéndose a lo largo la orilla del río, no muy lejos de la línea de árboles. Aparte de Clint, Ahah y Ansoa, en la columna caminaban los otros Pelo Oscuros, Creep y los nietos que le quedaban a Ahn, Ceep, Ceel, Alma y el pequeño Craam, su primer bisnieto ella. Mientras el río seguía serpenteando hacia el valle, el camilla de Ahn era transportado por Creep y tres machos Persh. Ahah y Ansoa se turnaron para caminar junto a su madre. Aún estaba muy débil y las hijas hablaban con ella para ayudarla a sobrellevar su dolor. Ella se giró de un lado a otro. La espalda se estaba curando, pero aún le dolía mucho. Clint comprobaba a menudo que su madre estaba bien. No creía que estuviera preparada para este viaje y le preocupaban sus quemaduras.

A medida que avanzaban, la niebla había empezado a

formarse en el río y a desplazarse hacia las orillas. A Clint le preocupaba que no pudieran ver los peligros.

—Grek... grek... paren —pidió que pararan.

Comprobarían la seguridad de la selva y permanecerían allí hasta que el aire estuviera despejado. Mientras Clint comprobaba, una nube brumosa empezaba a formarse alrededor la camilla que transportaba a Ahn. La niebla se hizo cada vez más densa hasta convertirse en una nube blanca que envolvió por completo la camilla. La camilla era ahora invisible, envuelto en blanco. Ahn acababa de despertar de un sueño. Pensó ella: «Recuerdo una nube blanca como ésta, esta blancura. Fue hace tanto tiempo, pero recuerdo... ooooh...». Sintió algo nuevo. Sintió como si su vida abandonara su cuerpo, como si fuera absorbida por la nube.

Fuera, en el grupo, había gritos de incredulidad.

—Caramba, ¿de dónde ha salido esta nube?

Una sorprendida Ahah habló primero: —¡Oh, no! ¿Dónde estás, madre? No podemos verte. Estás completamente escondida.

—¿Qué está pasando? —Clint había vuelto a la orilla del río—. ¿Qué está pasando?

Los cuatro que llevaban la camilla se habían hundido en la hierba. Se hizo un silencio sobrecogedor. Entonces, mientras observaban, la nube blanca se elevó lentamente en el aire. Flotó por encima de los árboles y, cada vez más deprisa, se elevó hacia el cielo. Había gritos de asombro; los ojos de cada Pelo Oscuro la siguieron hasta que se convirtió en un punto entre las nubes.

La camilla de Ahn yacía donde estaba. Clint se arrodilló en la hierba junto a su madre. Se inclinó sobre ella y vio que tenía los ojos y la boca cerrados. Tocó el brazo de su madre. La piel de su madre estaba fría bajo el pelo. Tocó la frente de su madre. Estaba igual, fría al tacto. «¿Cómo te has vuelto fría de repente, madre?» pensó, y entonces se dio cuenta, para su horror, de que estaba muerta su madre. La vida de su madre había abandonado su cuerpo. Clint se congeló por dentro. Empezó a sollozar incontrolablemente. Sus hermanas y su hija Alma se unieron a él. Las hembras se tiraron en la hierba junto al camilla y empezaron a gemir en voz alta. Los machos Pelo Oscuros, Creep, Ceel, el pequeño Craam y todos los Cee Persh se agolparon alrededor y se unieron a las lágrimas. Clint pensó: «¿No volveríamos a ver viva a nuestra amada madre?».

Los sollozos y lamentos se prolongaron durante mucho tiempo. Entonces Clint gritó en voz alta: —¡Oh, Madre, continuaremos tu búsqueda del nido de Cara Blanca! Allí encontraremos tu vida. Cuídate hasta que te alcancemos en ese nido.

Ahah sollozaba: —Oh, madre, te echamos tanto de menos. Espéranos; vamos hacia ti.

59

¿QUÉ HABÍA PASADO?

Durante el dolor, Clint le hizo una pregunta a su madre, aunque sabía que ella ya no estaba allí. —Oh, madre —le preguntó a su cuerpo sin vida—, ¿fue el no poder encontrar a los desaparecidos lo que finalmente te llevó a dejarnos? Pero hemos seguido el río. No había nada más que hacer. Estamos muy tristes de que no pudieras llegar al nido de Cara Blanca.

Cuando Clint por fin recobró el sentido, se levantó de la hierba. Dijo: —Envolvamos el cuerpo de madre en una buena corteza y llevémosla a la parte más alta de los árboles. La Voz podría venir a su encuentro allí.

Cuando habían hecho un nido en la parte más alta de los árboles, Clint, su hermano Creep y dos de los ancianos de Cee Persh llevaron el cuerpo de Ahn al nido. Ataron el ataúd de corteza con trozos de liana para que el viento no se lo llevara. Antes de bajar para reunirse con los demás en la orilla del río, Creep miró a través de la cubierta de hojas hacia las colinas que se extendían más allá.

—¡Oh, miren! A lo lejos, más allá de las colinas moradas, hay un bosque verde que parece brillar. Me pregunto si es allí adonde iba abuela.

—Sí, Creep, ya veo. Tal vez mamá no haya logrado su objetivo por muy poco. Es muy triste —dijo Clint.

Luego, tras contemplar en silencio el lugar donde yacía el cuerpo de A̋hn, regresaron a la orilla del río y se unieron a los demás. Clint sintió que una voz hablaba en su interior. Era la Voz Melodiosa, aquella de la que su madre hablaba a menudo.

La Voz Melodiosa dijo: «Ahora nos hemos llevado a tu madre. Está en casa con nosotros. Ha completado su trabajo». La Voz Melodiosa continuó: «Tú tomarás su lugar. Pronto podremos reunirnos contigo».

Clint continuaría la búsqueda de su madre para encontrar el nido de Cara Blanca.

60

EL VALLE

Clint sintió un gran vacío ahora que su madre ya no estaba con ellos. Pensó: «Quizá esté ahora en algún lugar con los miembros desaparecidos de su familia». Heredó la Voz Melodiosa que le había estado hablando a ella.

«Pronto podremos reunirnos contigo». Le habían dicho.

Estas palabras le dieron consuelo y fuerzas para seguir adelante. Continuaría su viaje en busca del nido de Cara Blanca.

Se reagruparon en sus filas y reanudaron la marcha, bordeando el río y la jungla. El río giraba bruscamente ante el pie de una montaña. Clint decidió que debían abandonar el río y dirigirse hacia el sol del mediodía. Vio una brecha en la jungla y lo que parecía un valle en la ladera de la montaña. Señaló y gritó: —Iremos por ahí... grau... grau. — Se dirigieron hacia el valle y llegaron a la primera pendiente descendente. Clint gritó—: Grek... grek... que paren.

Él pudo ver que el valle era profundo y oscuro. —¿No

te parece peligroso? —dijo Ahah, de pie a su lado. Siempre había sido la más precavida de las dos.

Clint respondió: —No puedo imaginar que los animales gigantes de las praderas vivan en un lugar tan sombrío. A esos animales les gusta la luz del sol y los espacios abiertos. Creo que estaremos bien.

Volvió a gritar: —Grau... grau... seguiremos. Seguiremos hasta que lleguemos al otro lado.

El terreno descendía hacia el valle. Era fácil caminar y la columna estaba resguardada entre altos acantilados. Aunque se formaban nubes de lluvia en el cielo, Clint no estaba preocupado. Vio que uno de los lados del valle estaba densamente cubierto de árboles. Habría refugio si lloviera. No tardaron en caer las primeras gotas de lluvia. Clint gritó: —Graak... encuentren refugio.

Había adivinado que podría llover. Se adentraron entre los árboles, pero siguieron dirigiéndose hacia el final del valle. Aunque avanzar entre la maleza y sortear los troncos de los árboles ralentizaba su avance, al menos estaban secos. Los únicos animales eran pequeños y se apartaron del camino.

A medida que el grupo avanzaba, empezó a llover con más fuerza y se volvió torrencial. Grandes gotas caían desde lo alto y el agua empezó a fluir entre los árboles y a arremolinarse alrededor de los pies de los excursionistas. El agua subía y llegaba a las rodillas de los adultos. Chilló un pequeño Persh: —¡Grruh...! —y se deslizó bajo la superficie. Mientras la subían, Ahah se dio cuenta del peligro. Gritó ella:

—Grrah... suban a los arboles.

—Trepar a los arboles —añadió Clint.

61

LA INUNDACIÓN

El agua seguía subiendo mientras el grupo trepaba por los árboles. Los adultos cargaban con los más débiles mientras se balanceaban rama a rama, cada vez más alto. El bosque resonaba con gritos de miedo mientras trepaban para mantenerse por encima del oleaje. Los Cee Persh eran siempre mejores trepadores que los Pelo Oscuros Nuevas Creaciones y llegaban primero a las copas de los árboles. Pero cuando las ramas empezaron a doblarse y romperse bajo su peso, fueron los primeros en caer a las aguas crecientes. Se agarraban a cualquier rama que encontraban para mantenerse a flote.

A través de los sonidos del agua chapoteando entre las ramas más altas se oían gritos de «¡Socorro... socorro!» de los Pelo Oscuros más pequeños y gritos de «¡Graak... graak!» de los Persh más pequeños.

Cuando el agua rompió por encima de las hojas más altas y siguió subiendo, no había nada a lo que agarrarse. Los brazos se agitaban en la superficie. Tanto Pelo Oscuros como Cee Persh se agarraron el uno al otro, pero ambos se hundieron. Lo que se estaba convirtiendo en un aullante vendaval levantaba el agua en forma de olas.

Una tras otra, las cabezas fueron desapareciendo. Una a una, jadeaban y gorgoteaban y se quedó en silencio. Clint fue uno de los últimos en ahogarse. Un gran pájaro se le había posado en la cabeza y lo había empujado bajo la superficie.

Las únicas criaturas que quedaban luchando en las olas eran pequeños animales del bosque y, por suerte, un joven Pelo Oscuro. Éste había conseguido agarrarse a una rama podrida y aferrarse para salvarse la vida. Se balanceaba arriba y abajo entre las olas agitadas y la lluvia chisporroteante. Sus gritos ahogados de «¡Socorro... socorro... socorro!» se perdían en el aullido del viento.

El joven Pelo Oscuro era Craam, el primer bisnieto de Ahn. Luchó por sobrevivir, aferrándose a su rama hasta que el viento y la lluvia empezaron a amainar. Encontró una gran roca y pudo posarse allí, temblando de miedo.

62

EL SUPERVIVIENTE

Cuando había cesado la tormenta, Craam se encontró al borde de un enorme lago que se extendía entre dos acantilados, a los lados del valle. No había rastro del bosque. Reinaba un silencio sepulcral, a veces interrumpido por el chillido de un pájaro. Permaneció allí el resto del día y hasta la noche siguiente.

Al amanecer siguiente, se había retirado el agua y Craam vio los cadáveres de Clint y su joven primo Ahee. Dos Persh colgaban de los árboles. No había rastro de ninguno de los otros. Unos pájaros graznaron y empezaron a acercarse a él en picado. Cuando se dio cuenta de que estaba totalmente a solas, subió a un terreno más elevado donde se sentó y cruzó los brazos sobre las rodillas. Bajó la cabeza y empezó a llorar las lágrimas de su soledad. *«¿Qué será de mí ahora?»* pensó. Estaba rodeado de charcos de agua y cerca el cuerpo de un pequeño animal. Le recordó la tumba de agua donde yacía su familia.

Entonces sintió una voz en su interior: «Tú, Craam, has

sobrevivido las aguas. Sigue adelante, pequeño. Te veré pronto».

Cuando se elevó el sol en el cielo, partió en su dirección. Conocía la búsqueda de su bisabuela para encontrar el nido de Cara Blanca. Su único propósito ahora sería continuar esa búsqueda. Iría en la dirección donde creía que estaría el nido. Allí podría encontrar ayuda. Trepando por troncos de árboles caídos y bordeando profundos charcos de agua fangosa se abrió camino. Al atardecer, trepó a un árbol y encontró una percha para dormir.

Al amanecer siguiente, tras una comida de hojas y bayas, partió de nuevo hacia el sol naciente. Una manada de cuadrúpedos corría delante de él y se dispersaba a su paso. Podía ver una montaña a lo lejos, a su derecha. La utilizaría como punto de referencia.

63

UN ENCUENTRO EXTRAÑO

Sobre una elevación, Craam se topó con un cuerpo tendido sobre hierba aplastada entre charcos de agua. Vio que era el cuerpo de un Pelo Oscuro que llevaba una falda de hierba embarrada. El cuerpo yacía boca arriba. «Es una hembra» pensó Craam, «una Pelo Oscuro». La hembra tenía los ojos cerrados, como si estuviera dormida... o muerta. Craam se detuvo junto al cuerpo y empezó a llorar. Grandes sollozos le sacudieron el pecho. No se dio cuenta de que se abrieron los ojos de la hembra y su cuerpo se puso de lado.

—¿Qué hace aquí? ¿Quién es usted? Lleva una falda de hierba —chilló la hembra.

Craam se sobresaltó, dio un paso atrás y se quedó mirando a la recién llegada. —Estoy bien... soy... un Pelo Oscuro, pero he perdido a toda mi familia. Se ahogaron en el diluvio.

—Oh, eso es horrible —dijo la hembra—. Yo soy una

Pelo Oscuro. Yo también he perdido a toda mi familia, mi tía y tío, mi hermana, mi hermano, un primo, una sobrina y nuestros dos guardianes Pelo Ligero. Todos quedaron cubiertos por un terrible río de lodo al otro lado de esa montaña. Toda la ladera de la montaña se derrumbó bajo una lluvia torrencial. Fue arrastrado mi pequeño bebé. Señaló una montaña de color amarillo por encima de su hombro.

—No podía ir más lejos. Pensé que podría morir aquí de pena.

Se acercó para abrazar a Craam y se dio cuenta de que era más alta que él. El era más o menos del mismo tamaño que ella joven prima Alaha.

—¡Oh, eres del mismo tamaño que Alaha! —dijo ella.

Craam sintió un torrente de alivio por todo el cuerpo al abrazarla. Se quedó atónito. No había nada que pudiera decir. Se quedó mirando a la recién llegado y luego se sentó aturdido.

—Me alegro mucho de que estés aquí. Espero que puedas ayudarme —dijo la hembra—. ¿Qué crees que deberíamos hacer?

Recuperando el sentido, Craam dijo: —Me dirijo al nido de Cara Blanca. Esa fue la búsqueda de mi bisabuela, y yo la continuaré en nombre suyo.

—¿La llamaban Ahn, sí? Bueno... ella es mi abuela. Creo que fue la primera Pelo Oscuro como nosotros —dijo la mujer—. ¿Se ha ido? Puede que seamos los únicos Pelo Oscuros que quedamos. ¿Cómo te llamas?

—Me llamo Craam.

—Oh, qué nombre tan bonito. Me llamo Ahee.

—Cuando perdí a mi familia —dice Craam—, oí una voz en mi interior que me decía: «Sigue adelante... te veré pronto... sigue adelante...» sin más.

—Entonces sigamos —dijo Ahee—. Veo una selva alta por allí. Tal vez ahí esté el nido de Cara Blanca.

64

LOS PRIMOS

CRAAM Y AHEE partieron a través de un campo azotado por la tormenta hacia la cara de una selva oscura. Se dirigían hacia donde creían que podría anidar Cara Blanca. Ambos llevaban sobre sus hombros el peso de una gran pérdida, y poco les importaba su entorno. Al adentrarse entre la maleza, no pensaron en el peligro. Recogieron hojas y bayas para comer y se sentaron en la base de un árbol. Ignoraron a los monos que parloteaban en los árboles mientras compartían en silencio el dolor de la pérdida. Mordisquearon las hojas y las bayas.

En silencio, una gran bola translúcida se balanceó entre los árboles hacia ellos. Por el rabillo del ojo, Ahee se percató del movimiento.

—¡Ohh...! —exclamó mientras se incorporaba.

La bola se acercó y flotó frente a la pareja. Ahee pudo ver una figura alta de color blanco brillante y una figura más pequeña de color verde en su interior. La figura alta empezó a hablar.

—Saludos, Ahee, y Craam. Estamos de paso por su tiempo y lugar y sentimos en nuestros espíritus que están sufriendo el gran dolor de la pérdida. ¿Podemos ser de ayuda de alguna manera?

—¿Quiénes... quiénes son ustedes? ¿Cómo sabes nuestros nombres? —preguntó Ahee.

—Soy el Ángel Absolín y me acompaña el Ángel Verde Pálido. En cuanto a sus nombres, tenemos formas de saber ciertas cosas. ¿Qué ha pasado aquí, por favor?

—Oh, Ángel, hemos perdido a todas nuestras familias, a todos nuestros allegados. Estamos llenos de dolor.

—Lo comprendo, pero ten por seguro que todos los que crees perdidos están a salvo. Sus espíritus y pensamientos están ahora en un lugar de armonía y paz. En cuanto a ti, ten la seguridad de que tenemos el poder de hacer que tu camino sea alegre y brillante.

En ese momento, el ángel alto se inclinó hacia el Ángel Verde y le susurró algo. El Ángel Verde salió del globo, extendió las alas y voló hacia los árboles.

—No sé lo que les depara el futuro, queridos míos. Por ahora, la paz llegará a sus vidas y será aliviada la carga de su sufrimiento. Pero no puedo demorarme. Tengo deberes que cumplir. Debo despedirme de ustedes.

La bola translúcida se elevó y se alejó. Desapareció zigzagueando entre los árboles. Se quedaron atónitos Ahee, y Craam, con las espaldas apoyadas en el árbol. Luego se sentaron y pensaron en lo que acababa de ocurrir decidiendo continuar por el camino que habían estado siguiendo.

—Veo un claro más allá de estos árboles. Sigamos por

ahí —dijo Craam—. Parece que esa jungla más fácil de atravesar.

Pronto caminaron por un bosque sin la maleza habitual con la que tropezar. La selva se adelgazó para revelar franjas de hierba verde esmeralda salpicadas de arbustos en flor de muchos colores. Era más fresco el aire y el suelo blando. Era como si hubieran entrado en un mundo diferente. Las sensaciones eran extrañas y caminaban ts animales asomaban entre los troncos de los árboles. Caras con grandes ojos miraban a la pareja, pero ningún animal salió para amenazarles. El aire estaba impregnado del perfume de una multitud de flores. Ahee y Craam omadas de la mano para apoyarse. Eran el miembro femenino sobreviviente de la Nueva Creación y su primo varón más joven. Estaban entrando en un tipo diferente de jungla.

A medida que se adentraban en un valle, se veían rodeados por el gorjeo musical de aves exóticas que iban y venían en picado. Enormes animales asomaban entre los troncos de los árboles. Caras con grandes ojos miraban a la pareja, pero ningún animal salió para amenazarles. El aire estaba impregnado del perfume de una multitud de flores.

—Bienvenidos a un jardín de paz y tranquilidad, mis pequeños. —Una melodiosa voz vibró en el aire.

—¿Oíste esa voz? —preguntó Craam.

—Sí, la oí, Craam... una hermosa voz.

La pareja cruzó una hondonada de musgo verde hasta una loma cubierta de hierba y se sentó a descansar. Allí estaban rodeados de muchos tipos de árboles frutales. A Ahee le encantaba la abundancia de frutas deliciosas, se volvió hacia su primo y le dijo:

—Oh, Craam... gracias por encontrarme.

65

UN CLIMA MUY DIFERENTE

Amos Alvarez tenía programado inspeccionar el Sistema de Antenas Número 4 a las 22.00 horas. Hacía dos días que había una tormenta de polvo, pero no se permitía que las tormentas de polvo interfirieran en el mantenimiento programado. A aquellas 22.00 horas, salió a la pasarela que conducía a las antenas. A través del manto de polvo, apenas podía ver el contorno del primer asentamiento más allá de los pórticos, y una débil silueta del borde del cráter. Antes de iniciar su primera inspección, sacó el Acoplamiento de Grabación del bolsillo de su pierna derecha. Volvió a apartar de su mente esos molestos pensamientos sobre nadar en el lago San Roque.

Una a una, Álvarez inspeccionó las antenas. Toda comunicación con la Tierra dependía de que funcionaran perfectamente bien. Nada podía fallar. Un pequeño temblor de tierra podía desalinear una antena. Una vez terminadas y registradas las inspecciones, Álvarez se dirigió a la esclusa

D y al cubículo de desempolvado. Al terminar el desempolvado, entró en el ascensor y dejó que se cerrara la puerta.

Justo cuando dijo «cuarto nivel» una llama parpadeó frente a su visor. Pulsó el botón de descenso de emergencia y esperó un segundo a que descendiera el ascensor. Ya podía sentir el fuego ardiendo a través de su traje de compresión. Sus pulmones se habrían llenado de llamas de no llevar puesto el casco. Se abrió la puerta en el cuarto nivel. Un oficial de seguridad de la estación ya estaba esperando con un supresor de incendios, que se introdujo en el ascensor y así deteniendo el fuego. Era posible que eso salvara la vida de Álvarez.

Con el casco quitado, Álvarez fue llevado a toda prisa a la enfermería más cercana. Aunque sufro un dolor terrible, luchó por no derrumbarse en el suelo. Se mantuvo erguido mientras dos enfermeras cortaban con cuidado trozos de su traje para separarlos de las quemaduras supurantes. Había llegado un médico y decidió que, dado que las quemaduras de Álvarez afectaban a más del 50 por ciento de su cuerpo, era posible que no sobreviviera. Incluso antes de quitarle el traje por completo, el médico empezó el tratamiento. Roció las partes expuestas del cuerpo de Álvarez con un rayo que ayudaría a las quemaduras.

Una vez retirado todo el traje y finalizado el tratamiento de urgencia, cuatro asistentes médicos colocaron a Álvarez sobre un colchón de aire frío. Este cojín sostendría al paciente hasta que se produjera la curación. Una enfermera lo conectó a monitores y le suministró líquidos. El médico volvió a comprobar si el paciente presentaba signos de vida. Antes de irse, dijo:

—Haré que venga un capellán cristiano... buenas noches, enfermera Jones.

Al cabo de un rato, un capellán entró en la enfermería. Se paró junto al paciente, ahora en coma, y leyó algo de un libro.

66

UNA NUBE MUY EXTRAÑA

Los equipos médicos trabajaban en turnos de ocho horas. En la enfermería, la enfermera de noche estaba sentada leyendo un libro mientras vigilaba el estado de Álvarez. Mientras leía, notó que se formaba una niebla alrededor de su libro. La enfermería se llenó de una niebla que se acumuló alrededor del cuerpo de Álvarez y lo envolvió en una nube blanca. Por unos instantes, se quedó paralizada la enfermera de noche antes de llamar a un médico.

—Dr. Ngolo, aquí está ocurriendo algo extraño. El paciente ha desaparecido en una nube blanca. Necesito que venga a verlo.

El Dr. Ngolo tardó tres minutos en llegar a la enfermería. Cuando entró, pudo ver el cuerpo del paciente flotando como antes.

—Oh, Dr. Ngolo, desapareció la nube. Juraría que estaba ahí, alrededor del paciente.

—Oh mi, qué raro eres —dijo el médico—. Echemos un vistazo.

Hubo una pausa. Acto seguido, dijo: —Bueno, yo... —vaciló su voz—, han desaparecido las lesiones. Es como si nunca hubiera habido quemaduras. Nunca he visto algo así. Llegué a pensar que no sobreviviría. Llamemos al capellán para que nos dé su opinión.

Cuando llegó el capellán, preguntó: —¿Qué ha pasado? El Dr. Ngolo quiere que yo mire algo. ¿Qué ha pasado enfermera?

Álvarez estaba sentado al borde de una camilla.

—Bueno, reverendo Chaudary, me llamo enfermera Natalia; estaba sentada junto a los monitores cuando el compartimento se llenó de niebla. La niebla se arremolinó hasta formar una nube blanca alrededor del paciente. El Sr. Álvarez tenía quemaduras en más del cincuenta por ciento del cuerpo y nos preocupaba que no sobreviviera. Estaba tumbado en la fría camilla de Almohada de Aire. La nube permaneció quizás un minuto y luego desapareció a través de esa pared. Cuando vino el Dr. Ngolo, él esperaba ver a un paciente con lesiones graves. Al no encontrar ningún signo de heridas, dijo que nunca había visto nada igual. No lograba entenderlo. Fue entonces cuando te llamó.

—Buenos días, reverendo. Gracias por venir. Mire, no recuerdo nada. Me habían dejado completamente inconsciente. Recuerdo el terrible dolor, pero nada después de eso. ¿Cómo cree que me curé?

—¿Hubo algo más? ¿Alguna sensación diferente? —preguntó el capellán.

—Nada más —dijo Álvarez—. Bueno... no soy religioso, pero me parece que debió de haber sido algún milagro... Enfermera, ¿es usted religiosa?

—No mucho; ¿qué le parece reverendo?

—Bueno, no puedo hacer ningún tipo de juicio porque no vi nada. Pero te tendré en mis oraciones. ¿Hay algo que pueda traerte? ¿Algo del Cafekamra?

—Bueno, estoy famélico, reverendo. Sería genial que me traiga una Samosa y un Kombucha caliente. Gracias.

Cuando el capellán volvió con la merienda, dijo: —Acabo de recibir otra llamada, pero volveré dentro de un rato.

67

UNA IDENTIDAD EQUIVOCADA

Continuaba el turno de noche. Un Álvarez desnudo permanecía sentado al borde de una camilla. Su cuerpo no mostraba ninguna marca de heridas por quemaduras.

Murmuraba para sí: —¿Qué me ha pasado? Me siento diferente... me siento ligero y en paz. Qué dolor tan terrible... creían que me iba a morir.

Miró a la enfermera de noche mientras rebuscaba entre la ropa de un armario vertical.

—Enfermera Natalia, ¿qué cree que me ha pasado? ¿Tiene alguna idea? Me siento completamente renovado.

Álvarez echó un vistazo a una encimera: —¿Qué es ese libro verde de ahí? ¿Me lo puedes dar, por favor?

La enfermera Natalia se alejó del armario y le pasó el libro a Álvarez.

—Es una Biblia de Gedeón —dijo ella—. ¿Puede ponerse esta bata, señor? La dejaré aquí en la silla.

Álvarez abrió el libro que tenía sobre el regazo. Se abrió por la mitad y sus ojos se desviaron hacia un par de líneas que le llamaron la atención. «Giren ustedes a mi reprensión: he aquí que derramaré mi espíritu sobre ustedes, les daré a conocer mis palabras. Porque los llamé y no quisieron...».

Tras una pausa, dijo: —Enfermera, ¿podría llamar al capellán para que vuelva? Quiero preguntarle algo.

Al poco tiempo, regresó el capellán Chaudary. Se acercó a Álvarez y le dijo: —¿Cómo te encuentras ahora, Amos?

—Capellán, me siento increíble. Me ha pasado algo increíble. Cuando la enfermera Natalia me trajo esta Biblia, algo me llamó la atención. Creo que es un proverbio. Ahora siento que tal vez Dios ha hecho algo por mí, y no sé cómo podría responder.

—Bueno, Amos, por lo que me dijo la enfermera Natalia, puede que hayas tenido lo que llamamos una curación milagrosa. Veamos si podemos darle sentido a lo que acabas de leer.

—Reverendo, ¿por qué lleva una prenda negra bajo el blusón? Yo creía que el doctor había pedido a un capellán cristiano. No quiero ser ofensivo, pero usted debe ser musulmán o hindú. ¿No hay capellanes cristianos en Marte?

—Bueno, Amos, soy un monje cristiano. Somos tres monjes benedictinos aquí en Marte. Formamos una pequeña comunidad.

—Oh, si eres un monje, probablemente seas católico romano. Cuando era joven, los estudiantes católicos romanos nos insultaban al salir de la capilla. Antes de venir aquí, recuerdo que esperaba que no hubiera católicos romanos en el proyecto Marte. ¿Cómo esperan que siquiera les hable? Soy evangélico. —Empezaba a enfadarse Álvarez.

—Bueno, Amos, lamento mucho si alguna vez un católico te ha hecho daño. Por tu acento, pareces sudamericano. Sé que ha habido problemas entre evangélicos y católicos en algunos países sudamericanos, durante mucho tiempo, una situación realmente mala. Pero Amos, estoy entrenado para ser capellán de cualquiera y de todos en Marte. Te prometo que nunca dejaré que mi religión entre en ningún trato que tenga contigo; nunca. Ahora, ¿te gustaría contarme tu experiencia?

—Muy bien, Capellán, seré tolerante siempre y cuando mantengas todo sobre la Verdadera Fe. Pero oiga, ustedes no saben nada de la Biblia. ¿No es cierto?

—No, Amos, eso no es correcto. En realidad, la Biblia es, como solían decir, ¡nuestro chai y chapati! En nuestra formación, pasamos muchos meses estudiando la Biblia. Ahora, ¿por qué no te vestimos, y tú y yo podemos ir a la sala de oración y hablar de todo esto?

La enfermera Natalia interrumpió: —Acabo de oír lo que dijo el capellán Chaudary, señor Álvarez. Le traeré un traje ahora mismo.

Ella abrió una taquilla, sacó un conjunto de ropa de descanso y lo dejó junto a la bata.

68

UNA REVELACIÓN

—Vamos a sentarnos aquí —dijo el capellán Chaudary—. Me alegro de que hayas traído esa Biblia de la que hablabas. Podemos abrir la página que estabas mirando. ¿Quizás puedas leerme la parte que te llamó la atención?

—Muy bien, entonces, versículo 23... Giren a mi reprensión: he aquí que yo derramaré mi espíritu sobre ustedes, les haré saber mis palabras. Porque los he llamado y se han negado...

—Bien, Amos, parece implicar que el oyente ha sido advertido por Dios. Pero si se vuelve a Él, recibirá el conocimiento que necesita. ¿Significa eso algo para ti?

Había una pausa larga antes de que hablara Álvarez.

—Supongo que es como si ese sufrimiento me viniera como una advertencia, como si no reconociera a Dios. ¿Estoy en peligro de perder Su guía en mi vida... y en mi futuro? ¿Qué cree usted que es lo mejor que puedo hacer?

—Bueno, Amos, ¿crees que podrías hablar con Dios con tus propias palabras? Tal vez para disculparte por tu alejamiento de Él. Dios siempre está escuchando. —Mientras hablaba el capellán, le entregó a Álvarez una tarjeta—. Esta tarjeta tiene el Padre Nuestro. Podrías empezar a rezar esta oración durante el día. Además, podrías seguir leyendo los pasajes de la Biblia que te atraigan. ¿Tiene sentido todo esto?

—Pues sí, así es, capellán. Estoy muy agradecido por su ayuda. Creo que sería usted un excelente evangélico.

—Gracias por el cumplido. Se lo diré a mi superior... Ahora, ¿por qué no te quedas aquí en la sala de oración y piensa en todo lo que te ha pasado y en ese proverbio? —dijo el capellán—. Ah, y otra cosa, ¿de qué parte de Sudamérica vienes? Si regresas a casa pronto, me gustaría ponerte en contacto con un socio mío. Uno que podría ayudarte a continuar tu camino con Dios.

—Soy de Argentina. ¿Hay monjes allí?

—Sí, tenemos un monasterio de monjes en la ciudad de Buenos Aires, oh, y uno reciente en Córdoba. ¿Estás cerca de alguna de esas ciudades?

—Claro, vivo en Córdoba.

—¡Qué casualidad! Los benedictinos estábamos en Buenos Aires desde el siglo pasado, pero en 2077 fundamos un monasterio en Córdoba. Me pondré en contacto con la Tierra y te daré el nombre de uno de los monjes que podría serte útil.

—Gracias, capellán. Es toda una coincidencia.

El capellán Chaudary se levantó para marcharse.

—Ahora mismo, te dejaré con tu meditación. Podemos reunirnos más tarde, y puedo darte Álos contactos de ese monje.

69

LANZADERA PARA CASA

EL TRANSBORDADOR que conectaba con el transportador espacial para los viajes a la Tierra tenía capacidad para cuarenta viajeros. También transportaba combustible y suministros para el transportador espacial. El nombre de Álvarez figuraba en la última lista de viajeros, así que envió un mensaje a su mujer para comunicarle que volvía a casa. También envió un mensaje al Sr. González y a la gente del Museo del Observatorio de Córdoba. Les había mantenido a todos al corriente de sus experiencias.

Cuando llegó el momento, Álvarez estaba bien sujeto en una cápsula a prueba de golpes. El transbordador salió disparado a través del barril lanzador hacia el espacio exterior. Experimentó una ligera fuerza de gravedad, pero nada que ver con las que se experimentan al salir de la Tierra. En cuanto la lanzadera había atracado bajo el transportador espacial, los pasajeros recogieron sus pertenencias y se trasladaron a través del conector.

Lo primero que hizo Álvarez fue localizar las instalaciones donde pasaría el viaje a la Tierra. Después, buscó un lugar para sentarse en un mirador. Pasarían veinticuatro horas antes de que el transportador espacial abandonara la órbita de Marte. Había mucho que hacer a bordo, sobre todo actividades para mantenerse en forma. Pero Álvarez sólo quería relajarse y observar Marte mientras pasaba por debajo. Estaba un poco triste porque probablemente nunca volvería a verla de cerca.

70

CÓRDOBA, ARGENTINA

—Alisa y Daniel, acaban de anunciar que el transporte procedente de Marte ha llegado al Centro Espacial de Pondicherry. Una vez que papá haya pasado el reconocimiento médico, se pondrá en camino. Será estupendo tenerlo en casa —les anunció Martina a sus niños.

—¿Cuánto tardará papá en llegar, mamá? —preguntó Daniel.

—Probablemente estará aquí mañana, querido. Ya nos avisará. Alisa, ¿puedes ir al Mercado de Sousa? Se rompió la bonita jarra de cerveza Patagonia de tu padre mientras yo limpiaba. Veo que la de Sousa tiene casi el mismo diseño. Te daré veinte reales, que deberían ser suficientes. ¿Sabes dónde está el Mercado de Sousa? ¿Solía ser José Sánchez?

—Sí, yo sé, mamá. Está en la calle Montevideo.

—¿Puedes ir con ella, Dani? Será más seguro así.

Hermano y hermana salieron en busca de la calle Montevideo. Hacía tiempo que Alisa no iba en esa dirección. Era una parte de Córdoba que había visto muchos cambios.

Mientras caminaban, de repente dijo Alisa: —Oh, ¿qué es eso? Es como un ángel.

A través de una alta valla metálica se pudo ver la estatua de un ángel. Sin decirle una palabra a Daniel, Alisa pasó por una puerta abierta y caminó por el patio. Rodeó la estatua con los brazos y se aferró a ella hasta que Daniel la alcanzó.

—Es la estatua de un ángel —dijo Daniel—. Debe de ser una iglesia católica romana. ¿Sabes lo que papá dice de los católicos?

—Bueno, da igual; he pasado por aquí muchas veces cuando estaba en primaria y nunca me había fijado. Es maravilloso, pero nada como el de verdad.

—Sí, supongo que tienes razón —dijo su hermano.

—La puerta está parcialmente abierta. Voy a echar un vistazo dentro.

—Pero esta es una iglesia católica romana —dijo Daniel—; papá nunca nos permitiría acercarnos aquí.

—Bueno, quédate aquí. Voy a echar un vistazo.

Alisa cruzó la puerta con cautela y entró en el vestíbulo. Entonces, abrió una puerta interior y miró a su alrededor. «Hay otro ángel» pensó. «Voy a abrazarlo también».

Después de aferrarse a la estatua por un rato y darle un beso en la cabeza, regresó con Daniel, con la mente dando vueltas.

—¿Cómo es?

Pero Alisa simplemente le tocó el brazo mientras caminaban hacia el mercado de Sousa.

De camino a casa, Alisa se detuvo en silencio y miró a

través de la valla al primer ángel. Su hermano estaba a su lado preguntándose qué estaba pasando. Pensó el: «Supongo que los ángeles siempre atraen a las chicas».

Cuando llegaron a casa, su madre dijo: —Esa jarra tiene buena pinta, Alisa. Tendremos un buen asado pampeano y una cerveza Schin listos para recibir a papá cuando llegue.

71

LLEGADA A CASA

EL ACTROCAB plateado del Dromo Córdoba llegó a la calle Benjamin Gould. La mujer y los hijos de Álvarez estaban listos para recibir a su papá. Habían pasado treinta meses desde que partió hacia Marte. No habían sabido mucho de él porque la comunicación entre los dos planetas era poco fiable. Alisa fue la primera en hablar y caer en los brazos de su padre.

—¡Oh, papá, bienvenido a casa! Te hemos echado tanto de menos.

Mientras Álvarez estrechaba a su esposa en un cálido abrazo, los niños se unieron al abrazo.

—Amos querido, estamos tan contentos de tenerte de vuelta. Estamos tan contentos de tener a nuestro papá en casa.

El ingeniero del equipo auxiliar de Marte recogió su bolsa de viaje y se dirigieron al apartamento. La pequeña Alisa le tomó de la mano mientras avanzaban.

Había un ambiente de pura alegría mientras la familia

se sentaba alrededor de la mesa a comer bistec asado pampeano. Amos Álvarez trató de elegir las historias marcianas más interesantes para contar entre todas las que le habían sucedido. No dijo nada de su encuentro cercano con la muerte. Eso sería sólo para Martina, y para otra ocasión.

72

DESAYUNO DE LA TIERRA

En su segundo día en Córdoba, Amós Álvarez durmió hasta mediodía. Martina le dio su primer desayuno argentino en treinta meses.

—Qué genial tener un desayuno al estilo de la Tierra después de un descanso tan largo. ¡Eh, pomelo fresco! En Marte, todo la comida está procesada; los sabores parecen añadidos a posteriori. Además, nunca hay cerdo debido a la cantidad de musulmanes involucrados en el proyecto. Sin embargo, este café es como lo recordaba, Martina. Tiene auténtico sabor a grano de café.

—Me alegro de que te guste, Alex.

—Muy bonito, querida —dijo el. Tras una pausa añadió —: Me alegro de que todo haya ido bien desde que he estado fuera. Esta tarde voy a dar un paseo hasta el Museo del Observatorio. Me gustaría que supieran que he vuelto. Les he estado enviando informes sobre lo que me ha pasado en Marte.

—Oh, papá, ¿puedo ir yo también? Hay una cosa nueva que me encantaría enseñarte —dijo Alisa.

—Desde luego, Alisa, pongámonos las chaquetas y vayamos para allá ahora. Por favor, discúlpanos, Martina. No tardaremos mucho.

—No Nippi, no puedes venir. El Senor González no permite perritos en el museo.

Cuando el dúo llegó al mostrador de recepción del museo, el Sr. González estaba de servicio.

—Oye, buenas tardes, Alisa. Veo que nos has traído a nuestro explorador de Marte. ¿Cómo esta, Senor Álvarez? Me alegro de verlo.

—Sí, Senor González, es estupendo estar de vuelta. Me interesa saber si recibió mis transmisiones con claridad. He oído que las erupciones solares interfieren con algunas transmisiones de Marte. A veces están revueltas.

—Por lo que sabemos, han llegado correctamente sus transmisiones. Tenemos reuniones regulares en la sala de conferencias. Se invita a gente de fuera a venir y compartir el material. Las imágenes visuales son las favoritas. Usted tiene todo un grupo de fanáticos en la zona que se lo tragan todo. Ya que ha vuelto, organizaremos un seminario de fin de semana. Estaríamos encantados de que lo dirigieras.

—Es una gran idea —dijo Álvarez—, sólo avíseme cuándo.

—Vamos a la oficina del Senor Singh. Estará encantado de verlo de vuelta de una pieza. Puede que tenga algunas ideas.

El Sr. González abrió el camino.

73

ROMPIENDO UN TABÚ

Cuando Amos Álvarez y Alisa se despidieron del personal del museo, Alisa tiró de la manga de su padre y le dijo tiernamente: —¿Podemos ir por otro camino a casa? Quiero enseñarte algo que quizá te guste.

—De acuerdo, podemos hacerlo.

Padre e hija caminaron por la calle Montevideo hasta donde Alisa había visto la estatua del ángel.

—Papá, quiero enseñarte algo, y espero que no te escandalices. Es una estatua que hay fuera de una iglesia católica romana que me gusta mucho. Me pregunto qué pensarías de ella. ¿Es muy malo que me guste?

—No lo sé, Alisa. Vamos a ver.

Cuando llegaron a la iglesia, Alisa llevó a su padre de la mano a través de la verja de acero que cruzaba el patio hasta la estatua del ángel.

Ella dijo bromeando: —Senor Ángel, éste es mi papá, el Senor Álvarez.

Álvarez le siguió el juego: —Encantado de conocerlo, Senor Ángel. Me alegro de que usted haga feliz a mi hijita.

—Papá, he entrado en el lugar. ¿Quieres ver cómo es? Hay otro ángel.

—Bueno, está bien, Alisa. Te seguiré.

La pareja entró en la iglesia.

—Mira, papá, ahí está el otro ángel. ¿No es lindo?

—Claro que sí —dijo su padre mientras miraba su alrededor.

Álvarez vio que había filas de asientos que se extendían hasta el otro extremo del edificio. Dijo: —Vamos a sentarnos aquí un rato. Parece agradable y tranquilo. Espero que no estemos invadiendo.

Padre e hija se sentaron uno al lado del otro en un largo asiento mientras Alisa contemplaba la estatua del ángel. Movía la cabeza de un lado a otro para obtener diferentes puntos de vista. Álvarez se acordó de la tarjeta con el Padre Nuestro que llevaba en el bolsillo y la sacó. Comenzó a leer en silencio: «Padre nuestro que estás en los cielos...».

No se dieron cuenta de que una figura había surgido en el otro extremo del edificio. Cuando la figura se acercó a ellos, Álvarez levantó los ojos. Pensó: «Es un monje. ¿Qué hace aquí? ¿Es de verdad? Ah, claro, esto es una iglesia católica».

El monje se les acercó y les dijo: —Buenos días, señor. ¿Es usted Amos Álvarez?

—Sí, soy yo.

—Nos dijeron que vendría. ¿Es su hija?

—Si, ella es mi hija. Se llama Alisa, ¿y quién es usted? Si no le importa que le pregunte.

—Soy Dom Charlie Wong, y es placer conocerlos a

ambos. Mire, estamos a punto de tomar el té de la tarde. ¿Les gustaría unirse nosotros?

—Sí, por supuesto, nos encantaría —dijo Álvarez.

—Por favor, síganme. Alisa tomó la mano de su padre mientras el trío caminaba hacia el otro extremo de la iglesia donde el benedictino se inclinó ligeramente. Allí salieron, en fila india, por una puerta lateral.

FIN

ACERCA DEL AUTOR

El autor es arquitecto y "fenomenólogo" aficionado. Nació y creció en Irlanda. A lo largo de los años ha visitado cuatro continentes y muchas islas. Está muy interesado en los orígenes de las cosas que hacen que nuestro mundo sea como es hoy.

Gerald Curran vive en Washington, Distrito de Columbia, con su amada esposa y alma gemela, Nida Fe.

Puede ponerse en contacto con Gerald en: geraldcurran@verizon.net

BIBLIOGRAFÍA

Ross, H. (2008). Why The Universe Is The Way It Is. (Por qué el universo es como es.) Disponible en línea.